Tilde Michels
Freundschaft für immer und ewig?

Die Autorin:

Tilde Michels wurde in Frankfurt am Main geboren und lebt heute in München. Mehrfach mit Preisen ausgezeichnet, gehört sie zu den bekanntesten deutschen Kinderbuchautorinnen. Daneben arbeitet sie für Funk und Fernsehen und übersetzt aus dem Englischen.
Einige Titel von Tilde Michels: ›Ich wünsch mit einen Zauberhut‹, ›Kleiner König Kalle Wirsch‹, ›Es klopft bei Wanja in der Nacht‹ und ›die Gustav-Bär-Geschichten‹. Ihre jüngsten Bücher heißen: ›Was für ein schöner Tag!‹, ›Ich schenk dir einen Riesenschirm‹ und ›Lena vom Wolfsgraben‹ (Zürcher Kinderbuchpreis ›La vache qui lit‹).
Bücher von Tilde Michels bei dtv junior: siehe Seite 140

Tilde Michels

Freundschaft für immer und ewig?

Mit Illustrationen von Bernhard Oberdieck

Deutscher
Taschenbuch
Verlag

dtv

1

Schon am ersten Tag, gleich als Esther in die Schule kam, wußte Susi: Die wird meine Freundin. Herr Köhler brachte sie nach den Sommerferien mit in die vierte Klasse.
«Das ist Esther Mendelsohn», sagte er. «Sie ist neu zu uns nach Frankfurt gezogen. Ich hoffe, ihr helft ihr, daß sie sich schnell eingewöhnt.»
Alle Augen waren neugierig auf Esther gerichtet. Sie stand neben Herrn Köhler am Lehrerpult in einem Kleid, blau wie Kornblumen mit einer gelben Schleife.
Schick, dachte Susi. Und auch die Frisur gefiel ihr. Die Neue hatte einen kurzen Haarschnitt; ein paar Ponyfransen fielen ihr in die Stirn.
Was für ein Glück, daß der Platz neben Susi frei war! Bis gestern hatte da noch Gerda gesessen. Die mußte rüber in die Hilfsschule, weil sie nicht mitkam.
Was für ein Glück! Aber Susi meinte nicht Gerda. Sie dachte nur an den freien Platz.

Esther legte ihren Ranzen aufs Pult und rutschte neben Susi in die Bank. Susi wartete, bis sie Bleistifte und Federhalter aus einem roten Ledermäppchen herausgezogen und auf die Ablage neben das Tintenfaß gelegt hatte. Dann klappte sie die Tischplatte hoch, damit Esther ihren Ranzen darunterschieben konnte.
Sie hatten ihren Platz in der ersten Reihe am Fenster. Die Doppelbänke standen in drei Reihen hintereinander: Fensterreihe, Mittelreihe und eine Reihe an der Türseite.
Es gab Lehrer, die wanderten in den schmalen Gängen zwischen den Reihen ständig auf und ab. Immer vom Lehrerpult bis zur hinteren Wand. Bei denen konnte man nicht heimlich unter der Bank lesen, auf Rechenpapier Irrgärten zeichnen oder Zigarettenbilder tauschen.
Der Strozik war so einer. Bei dem hatten sie Religion. Der kam von hinten und stand plötzlich da. Die Marianne hat er beim Tauschen erwischt. Er hat ihr die Bilder abgenommen, ist zum Katheder geeilt und hat alle mittendurch gerissen. Die Marianne hat geheult, und nach der Stunde hat sie im Papierkorb gewühlt. Aber von den Bildern war keins mehr zu gebrauchen.
«Sammelst du auch Zigarettenbilder?» flüsterte Susi Esther zu.
Esther nickte, aber sie blieb stumm.

Ob die eine Streberin war? Eigentlich sah sie nicht so aus mit ihren lustigen Augen und den Ponyfransen. Wie viele Zigarettenbilder die wohl hatte? Alle in der Klasse sammelten. In jeder Zigarettenschachtel steckte so ein kleines Bild. Es waren Fotos von Filmschauspielern.
Die Kinder kannten die Filmstars genau. Wenigstens von den Bildern. Ins Kino durften sie ganz selten; manche waren noch nie dort gewesen. Wer einen Film gesehen hatte, mußte den anderen von Anfang bis Ende erzählen, was darin passierte.
Susi war schon fünfmal mit ihrer Mutter im Kino gewesen. In der Nachmittagsvorstellung für 60 Pfennig auf allen Plätzen. Sie konnten mitten im laufenden Film reingehen. Daß sie dann das Ende zuerst sahen, machte ihnen nichts aus. Nach der Pause gab's den gleichen Film ja noch mal, da durften sie sitzenbleiben und den Anfang anschauen. Bis zu der Stelle, an der sie reingekommen waren, oder auch darüber hinaus. Wenn sie wollten, sogar noch mal den ganzen Film bis zum Schluß. Danach fragte keiner.
An der Tafel hatte Herr Köhler ein Bild mit einem Teich aufgehängt. Er erzählte von Fröschen und Kaulquappen. Aber Susi dachte an ihren letzten Film.
Sie stupste Esther an: «Gehst du oft ins Kino?»
«Nicht oft», flüsterte Esther zurück.

Da legte sich die Hand von Herrn Köhler zwischen sie aufs Pult.
Susi schreckte auf. Aber Herr Köhler sagte nur: «Eine Neue ist interessant, wie? – Trotzdem aufpassen!»

2

«Komm», sagte Susi nach der Schule zu Esther, «ich zeig dir, wo wir unsere Hefte kaufen.»
Der kleine Schreibwarenladen von Frau Obermeier war gleich um die Ecke. Nach der Schule wimmelte es dort von Schülern.
Hefte, Schreibfedern, Radiergummis – etwas war immer nötig. Außerdem gab es bei Frau Obermeier eine Menge Sachen, die sie für ein paar Pfennige erstehen konnten: Bilderbögen zum Ausschneiden, Trillerpfeifen, Abziehbilder, Klicker aus Ton für das Murmelspiel – und natürlich Wundertüten. Wer nichts kaufen wollte, kam, um dabeizusein, um zuzuschaun, was andere aus ihrer Wundertüte für einen Fünfer herausholten. Aber es waren immer die gleichen Zelluloid-Püppchen, die Schlangen aus einer zuckrigen Gummimasse, Blechfrösche, die man quaken lassen konnte, winzige Milchflaschen voller Liebesperlen, Dauerlutscher und all so was.
In der Schule waren die Mädchen von den Buben

streng getrennt. Ein Teil des Schulhauses war Mädchenschule, ein anderer Knabenschule. Aber im Schreibwarenladen trafen sich alle.
Die größeren Buben kauften Knaller und ließen sie gleich auf der Straße los. Davon hatten alle etwas. Einige waren so gemein und warfen die Knaller den Mädchen direkt vor die Füße. Wenn die dann kreischten und wegrannten, triumphierten die Buben.
Susi und Esther waren sich sofort einig: Nicht wegrennen! Zeigen, daß uns das überhaupt nichts ausmacht!
Esther kaufte gleich selbst zwei Knaller und ließ sie los. Da glotzten die Buben aber!
Susi legte ihren Arm um Esther. Seht ihr, sollte das heißen, das ist meine neue Freundin.
«Gehst du ein Stück mit mir?» fragte sie.
«Wo wohnst du?» erkundigte sich Esther.
«Grünestraße.»
«Kenn ich. Ist gleich bei uns um die Ecke.»
Als sie in die Grünestraße einbogen, standen fünf Kinder vor Susis Haus: Lotte, Heini, Erna, Robert und der kleine Bubi Schapiro. Lotte und Robert hielten Reifen in der Hand; große dünne Holzreifen und Stöckchen zum Antreiben.
«Hol deinen Reifen runter!» sagte Lotte zu Susi.
«Soll ich meinen auch?» fragte Esther. «Bin gleich wieder da.»

Susi rannte die drei Treppen hoch. Sie warf ihren Ranzen hinter die Wohnungstür und griff nach dem Reifen, der im Flur aufgehängt war. «Ich geh runter auf die Straße», rief sie der Mutter zu.
«Halt! Schürze anziehn! Und nicht zu lang. Wir essen bald.»
Die Mutter knöpfte ihr die Kittelschürze zu und zog noch mal die Haarschleife fest.
Dann lief Susi die Treppe hinunter. Der Reifen war leicht, aber ziemlich groß. Susi hatte ihn über die Schulter gehängt. Trotzdem stieß er unten an und hüpfte auf jeder Stufe neben ihr her. Klack-klack-klack-klack-klack.
Im ersten Stock öffnete sich die Wohnungstür. Das Gesicht von Frau Gruber erschien. «Kannste das Ding nicht hochnehmen? Wozu hab ich die Treppe frisch gebohnert?»
«Geht nicht. Ist zu groß.» Susi versuchte, schnell an Frau Gruber vorbeizukommen. Aber mit dem Reifen –! Der rutschte ihr von der Schulter, sprang ihr aus der Hand und holperte los. Immer drei Stufen auf einmal hinab, bis er auf dem Treppenabsatz austrudelte und liegenblieb.
Als Susi endlich die schwere Haustür aufgezogen hatte und hinaustrat, trieben Lotte und Robert schon ihre Reifen die Straße entlang.
Erna und Heini hatten keine Reifen. Die liefen nur nebenher. Die hatten überhaupt keine Spiel-

sachen. Kein Wunder! Die wohnten am unteren Ende der Straße. Da, wo der Verputz von den Mauern bröckelte, wo es schmutzige Höfe gab mit gestampfter Erde und verrosteten Eisengittern davor.

Am oberen Ende war die Straße ganz anders. Da hatten die Häuser Vorgärten und Eingangsportale mit Säulen aus rotem Sandstein.

«Siehst du», hatte der Vater einmal zu Susi gesagt, «das eine Haus ist genauso alt wie ich. Vierzig Jahre.»

«Woher weißt du das?»

«Über der Tür ist das Baujahr eingemeißelt: 1892. Da bin ich geboren.»

Susi begann zu rechnen: «1892 bis 1932 ist ... ist vierzig. Stimmt!»

Vor den schönen Häusern spielten die Kinder selten. Susi wohnte in der Mitte der Grünestraße. Vor ihrem Haus trafen sich immer alle: die vom oberen und die vom unteren Ende.

«Los, schneller!» Robert feuerte Erna an, die neben ihm und seinem Reifen herlief.

Heini hetzte hinter Lotte her. Die konnte unheimlich schnell rennen. Sie jagte ihren Reifen über das Kopfsteinpflaster.

«Du, Lotte», keuchte Heini, «wenn du's nicht schaffst bis zur Brauerei, wenn er vorher umkippt, komm ich mal dran.»

Aber Lotte schaffte es, obwohl die Brauerei ganz am unteren Ende der Straße lag. Sie führte ihren Reifen mit dem Stöckchen und paßte gut auf, daß er nicht trudelte.
«Laß mich doch auch mal!» bettelte Heini.
«Hab's ja geschafft», sagte Lotte und rannte schon wieder die Straße zurück. Heini trabte hinterher. Dann versuchte er's bei Susi. «Wenn ich mal deinen Reifen krieg, dann zeig ich dir, wie ich durch meine Zahnlücke spucken kann.»
«Mach mal!» sagte Susi.
«Wohin?» fragte Heini.
«Mitte Kanaldeckel.»
Heini sammelte Spucke und zielte. Die Spucke klatschte genau auf das Wappen der Stadt Frankfurt.
«Siehste!»
Heini war stolz auf seine Zahnlücke. Bevor er Susis Reifen nahm, mußte er unbedingt die Geschichte erzählen, wie ihm der Wackelzahn ausgerissen wurde. Wie seine Mutter einen Bindfaden darumgewickelt hat. Wie sie das andere Ende des Fadens an die Klinke der Küchentür gebunden hat. Wie sie die Tür mit einem Ruck zugeschmissen hat und wie der Zahn dann am Faden an der Türklinke baumelte. Blutig. Und aus Heinis Mund ist auch Blut geflossen. In Strömen, sagte er. Aber Heini hat keine Miene verzogen. Sagte er. Seine

Mutter hat den Wackelzahn in eine Zigarrenschachtel getan, wo schon andere Zähne lagen: von Heinis Geschwistern und ein ganz großer brauner von Heinis Opa.
«So, jetzt laß mich!» Heini griff nach dem Reifen.
«Paß aber auf, daß er nicht in Hundedreck rollt!» rief Susi ihm nach.
Heini kämpfte mit dem Reifen, der immer wieder schlenkerte und zu kippen drohte. Er konnte es nicht so gut wie die andern, weil er nur selten durfte.
Bubi Schapiro konnte es überhaupt noch nicht. Der war erst sechs und stellte sich ungeschickt an.
«Dabbich», sagte Heini. «Der ist dusselig und dabbich.»
Mit Kleineren gab sich keiner von ihnen gern ab. Wenn sie keine Lust hatten, ließen sie Bubi einfach stehen. Aber er kam trotzdem immer wieder.
Robert hob seinen Reifen hoch und hielt ihn vor Susi.
«Jetzt bist du eingerahmt.» Und dann fragte er: «Die da vorhin, was ist das für eine?»
«Esther? Die geht seit heute in meine Klasse.»
«Affig», sagte Robert, «ziemlich affig.»
«Quatsch», sagte Susi. «Die ist überhaupt nicht affig.»
«Und doch!» Robert gab nicht nach. «Stolziert im Sonntagskleid rum wie eine aufgeblasene Gans.

Was willst du denn mit der? Vor der darfste nicht mal pupen.»
«Quatsch», sagte Susi wieder. «Die kauft sogar Knaller und läßt sie los.»

3

Als Esther zurückkam, hatte sie eine bunte Kittelschürze an wie die anderen auch. Und mit dem Reifen konnte sie genauso schnell rennen wie Lotte.

«Was sagst du jetzt?» tuschelte Susi Robert zu. Aber der knurrte nur: «Abwarten!»

Lotte kramte ein Stück Kreide aus der Schürzentasche.

«Ich mag nicht mehr Reifenlaufen. – Hickelkästchen! Wer macht mit?»

Susi ärgerte sich. «Jetzt hat Esther extra ihren Reifen geholt!»

«Sie kann ja ruhig», erwiderte Lotte. «*Ich* mach Hickelkästchen.»

Echt Lotte, dachte Susi. Alles muß nach ihrem Kopf gehn.

Aber Esther lehnte ihren Reifen an die Wand und sagte: «Hickelkästchen mag ich genauso gern.»

«Himmel und Hölle?» fragte Erna.

«Lieber den Mann», bestimmte Lotte.

Es gab ein kurzes Stück Gehsteig, das asphaltiert war. Dort zog Lotte mit der Kreide einen Kreis als Kopf für den Mann. Den Kreis teilte sie in zwei gleiche Hälften. Ein viereckiges Feld wurde der Hals, längliche Rechtecke rechts und links die Arme. Dann kamen drei Felder für den Rest des Körpers.

Robert und Erna standen schon bereit. Jeder hatte einen flachen Stein in der Hand. So einen hatten sie immer bei sich. Den brauchten sie für die Hickelkästchen. Der wurde sorgfältig aufbewahrt. Er mußte gut in der Hand liegen, mußte sich gut werfen lassen.
Heini hatte sogar zwei Steine. Wenn ihm der eine kein Glück brachte, wechselte er ihn gegen den anderen aus.
«Haste noch keinen Stein?» fragte er Esther. «Ich leih dir den da. Nachher suchen wir einen für dich.»
«Da brauchst du dich gar nicht drum zu kümmern», sagte Susi und drängte sich zwischen Heini und Esther. «Ich hab zu Hause einen ganzen Sack voll Steine. Esther kann sich aussuchen, soviel sie will.»
Über Heinis Gesicht ging ein Schatten. «Hab ja nur gemeint», sagte er. Dabei schubste er mit dem Fuß eine leere Zigarettenschachtel in den Rinnstein.
Esther bekam große Augen, und Susi folgte ihrem Blick: Aus Heinis Stiefel guckte ein nackter Zeh heraus. Susi kannte das. Das war so bei Heini. Kaputt blieb kaputt. Das kam vom Armsein.
«Ich fang an!» rief Erna und warf ihren Stein ins Hickelkästchen. In der ersten Runde machte sie keinen Fehler. Der Stein fiel immer ins richtige

Feld, und sie hüpfte den Mann rauf und runter, ohne auf die Linien zu treten.
Auch in der zweiten Runde, beim Hickeln auf einem Bein, ging alles glatt. Die dritte war die schwerste. Da mußte sie mit geschlossenen Augen laufen. In jedem Feld mußte sie fragen: «Bin ich?» Erst wenn die anderen «ja» sagten, durfte sie weitergehen. Und wie die alle aufpaßten, daß nicht geblinzelt wurde! «Bin ich?» – «Ja.» – «Bin ich?» – «Ja.» – «Bin ich?» – «Ja.»
Erna hatte es schon fast geschafft, da tönte es vom unteren Ende der Straße: «Eeerna, heimkommen! Sofort!»
Erna schaute einen Augenblick unschlüssig zwischen Hickelkästchen und ihrer Mutter hin und her. Dann hob sie ihren Stein auf und lief nach Hause.
Die andern wußten schon, warum die Mutter nach Erna gerufen hatte. Erna mußte auf Fritzchen aufpassen.
Sie kam auch bald darauf mit dem kleinen Bruder auf dem Arm wieder an. Weil Fritzchen noch nicht laufen konnte, mußte Erna ihn tragen. Mitspielen ging jetzt nicht mehr.
«Setz ihn doch in einen Kinderwagen!» Das hatte Susi am Anfang mal gesagt. Aber Erna hatte nur mit den Schultern gezuckt.
«Wie denn? Hab ja keinen.»

Susis Mutter sagte: «Daß du mir ja nicht mit Erna nach Hause gehst! Ernas Vater hat's auf der Lunge. Der spuckt Blut.»
Daß er Blut spuckte, hatte Susi noch nicht gesehen. Aber blaß und mager war er schon. Er ging so langsam wie ein alter Mann, und er hustete.
Erna war auch ziemlich blaß und mager. Eigentlich war Fritzchen viel zu schwer für sie. Immer wieder mußte sie ihn hochschubsen, weil er ihr durch die Arme rutschte. Mit durchgebogenem Rücken stand sie daneben und schaute zu, wie die andern hüpften, hickelten und «bin ich?» riefen.
Jetzt war Robert dran. Als er den Mann vom Kopf aus zurückhüpfte, blieb er plötzlich wie angewurzelt stehen.
«Mach doch weiter!» rief Lotte.
Aber Robert hatte mit einem Mal einen besonderen Glanz in den Augen. Er blickte zum oberen Ende der Straße, wo gerade ein Fuhrwerk um die Ecke rumpelte.
«Der Eismann!» Robert rannte los. Die andern hinterher. Zum Schluß Erna mit Fritzchen auf dem Arm.
«Brrr!» Der Eismann hielt sein Pferd an und sprang vom Bock. Er schwang eine Glocke an einem hölzernen Stiel und ging dann um seinen Kastenwagen herum. Die Kinder drängten sich um die Ladetür.

«Weg da!» Der Eismann öffnete den Riegel und zog die Tür auf.
Da lagen sie, die Eisstangen. Gletscherweiß, ungefähr einen Meter lang, mit scharfen Kanten wie frisch gesägte Balken. Der Eismann läutete noch einmal heftig mit der Glocke.
In den Häusern der oberen Grünestraße wohnte gute Kundschaft. Leute, die Dienstmädchen hatten und große Eisschränke. Da konnte der Eismann mit Abnehmern rechnen.
«Wir nehmen immer eine halbe Stange», sagte Lotte. «Unsere Babett kommt bestimmt gleich.»
Da ging auch schon die Haustür auf, und die Babett erschien mit einem Eimer. Gleich darauf standen auch die andern Dienstmädchen mit Eimern am Eiswagen.
Der Eismann schlug einen Haken in eine Eisstange und zog sie vor. Dann ritzte er sie genau in der Mitte ein und hackte sie in zwei Teile.
Das war der Augenblick, auf den die Kinder gewartet hatten. Beim Auseinanderschlagen bröckelten Eisstücke ab und sprangen auf die Straße. Kleinere und auch größere. Die Kinder stürzten sich darauf. Sie grapschten nach den kalten, glitschigen Brocken, wischten den Straßendreck flüchtig ab, lutschten und leckten.
Fritzchen wollte auch. Aber als Erna ihm ihr Eisstück in den Mund steckte, fing er zu brüllen an.

«Kein Wunder!» sagte Babett. «Kalt und naß und schmeckt nach nichts.»
Esther zögerte noch. Sie hielt ihren Eisbrocken in beiden Händen; das Schmelzwasser tropfte auf die Straße.
Robert betrachtete sie mit schiefgelegtem Kopf. «Zimperliese!»
Susi fuhr auf. «Laß sie doch!»
Aber Esther lachte. Mit einem Satz war sie bei Robert und steckte ihm ihr Eisstück von hinten in den Kragen. «Von der Zimperliese!»
Robert langte an seinen Hals, aber zu spät. Es rieselte ihm kalt den Rücken herunter. Der Eisbrocken glitt abwärts und war schon am Hosenbund angelangt. Robert schüttelte sich und zupfte an seinem Hemd. – Wenn es bloß nicht aus den Hosenbeinen tröpfelt! – Kurz entschlossen zog er sein Hemd aus der Hose und angelte das Eis heraus. Kleingeschmolzen klatschte es auf die Straße. Esther hob es auf und steckte es in den Mund.
Susi lachte und stupste Erna mit dem Ellbogen an. «Na?»
Erna nickte. Esther war wirklich ganz anders, als sie zuerst gedacht hatten.
Inzwischen hatte der Eismann weitere Eisstangen zerhackt. Jedem der Dienstmädchen ließ er eine halbe Stange in den Eimer gleiten.

Dann warf er die Ladetür zu und trieb seinen Gaul ein paar Häuser weiter. Die Kinder liefen hinterher.

Bis zur Mitte der Straße hatte er noch Abnehmer für das Eis. Aber hier holten es die Hausfrauen selbst bei ihm ab. Und sie nahmen auch nur eine Viertelstange. Das mußte reichen.

Der Eisschrank, der bei Susi zu Hause in der Speisekammer stand, war nicht sehr groß. Oben war der Behälter für das Kühleis. Sein Boden war abgeschrägt und wellig wie ein Waschbrett. An der tiefsten Stelle des Behälters befand sich ein Loch, damit das Schmelzwasser ablaufen konnte. Es rann durch ein Rohr nach unten, und man mußte von Zeit zu Zeit einen kleinen Hahn aufdrehen, um es abzulassen.

Als der Eismann die Hälfte der Straße hinter sich hatte, setzte er sich wieder auf den Kutschbock. Am unteren Ende war keine Kundschaft mehr für Kühleis.

Er knallte mit der Peitsche, das Pferd zog an. Ein müdes altes Pferd mit einem Hängebauch. Sein Fell sah schmutzig aus, aber es war nicht schmutzig.

«Das», sagte Heini, «ist ein Schimmel, der nicht richtig weiß geworden ist.»

Als der Kastenwagen um die Ecke bog und in der Querstraße verschwand, lutschten die Kinder noch immer an ihren Eisstücken. Wo der Eiswagen gestanden hatte, waren Pfützen übrig geblieben von den vielen kleinen Brocken, die auf der Straße geschmolzen waren.

4

Esther kam fast jeden Nachmittag in die Grünestraße.
«Bei euch ist viel mehr los», sagte sie. «Wo ich wohne, sind keine Kinder.»
«Und Geschwister?» erkundigte sich Susi. «Hast du keine?»
«Nur einen Bruder; Alexander heißt er. Aber der ist schon fünfzehn.»
Esther sagte das so, als tauge es nichts, einen Bruder von fünfzehn Jahren zu haben.
«Wie ist er denn?» fragte Susi.
«Der will sich nie mit mir abgeben. Und wenn ich mir mal was von ihm ausleihe, macht er gleich ein Gezeter. Nicht mal einen Radiergummi läßt er mich nehmen. Meistens schließt er sogar sein Zimmer ab. – Weißt du, was der macht? Experimente.»
«*Was* macht er?»
«Experimente. Da mischt er alles mögliche in einem Topf zusammen. Das läßt er schmelzen.

Wenn ihm die richtige Mischung gelingt, sagt er, wird es Gold.»
«Gold?» Susi schwankte zwischen Bewunderung und Zweifel.
«Bis jetzt hat es aber noch nicht geklappt», sagte Esther. «Bis jetzt hat er nur Sachen kaputtgeschmolzen; seine Zinnsoldaten und zwei silberne Löffel. Es qualmt und stinkt immer ganz fürchterlich aus seinem Zimmer, weil er auch noch Schwefel dazugibt.»
«Bekommt er da nicht geschimpft?» Susi überlegte, was bei ihr zu Hause los wäre, wenn sie Sachen kaputtschmelzen würde.
Aber Esther sagte: «Meine Mutter schimpft nie, und mein Vater will sich nicht ärgern, wenn er mal zu Hause ist.»
Susi seufzte. «Ihr habt's gut!»
Sie hatte keine Geschwister, und sie fand, daß es alleine nicht so schön war. Einen Bruder wie den Alexander hätte sie gerne gehabt. Experimente machte der! Ob er sie vielleicht mal zuschauen ließ beim Goldmachen?
Esther hatte ihr den Gedanken vom Gesicht abgelesen, denn sie sagte: «Wenn der seinen Gestank macht, läßt er keinen rein. – Aber laß doch den Alexander! Ich hab eine kleine Katze. Komm, die zeig ich dir.»

Es war das erste Mal, daß Susi mit Esther nach Hause ging. Mendelsohns wohnten zwei Straßen weiter an einer Anlage. Das Haus sah sehr fein aus, ungefähr so wie die Häuser in der oberen Grünestraße.
Esther läutete im ersten Stock; ein Dienstmädchen öffnete die Tür.
«Schau mal, Elsa», sagte Esther. «Das ist meine neue Freundin. Die kommt jetzt ganz oft zu mir.» Sie zog Susi in die Diele.
Elsa trug eine gestärkte weiße Schürze mit Spitzen, und auch sonst war alles sehr vornehm. Sogar ein Telefon hing in der Diele an der Wand. Bei Susi gab es kein Telefon.
Von der Diele aus führten viele Türen in viele Zimmer. Für Esther war es ganz natürlich, daß sie außer dem Wohnzimmer und dem Eßzimmer noch einen Salon und ein Herrenzimmer hatten.
Für Susi war das neu. Was machte man in einem Herrenzimmer? Durften da nur Herren rein? Sie wollte aber nicht gleich danach fragen, sonst dachte Esther vielleicht, sie sei blöd.
Sie gingen durch einen langen schmalen Flur mit Türen rechts und links. Von Alexander war nichts zu sehen.
«Der ist nicht zu Hause», sagte Esther. «Seine Tür hat er auch wieder mal abgeschlossen. Siehst du?» Sie rüttelte an einer Klinke.

«Komm weiter! Das ist mein Zimmer.»
Das erste, was Susi auffiel, waren die Bilder. Die waren nicht gemalt, da waren Drachen und bunte Vögel auf Seide gestickt.
«Die hat mir mein Vater von der Reise mitgebracht», sagte Esther.
Ihr Vater handelte mit chinesischen und indischen Seidenstoffen.
«Da, schau! So was schenkt er mir.» Esther hielt Susi ein paar Stoffreste hin.
In die Seide waren Blütenzweige eingewoben und Menschen in fremdartigen Gewändern und silbrige Teehäuser und Pagoden. So etwas hatte Susi noch nie gesehen. Sie strich stumm mit der Hand darüber.
Esther fragte sofort: «Willst du ein Stück?»
Dann fiel ihr ein, was sie Susi hatte zeigen wollen.
«Amina! Wo ist denn meine Amina?»
Sie zog Susi mit in die Küche.
Am Boden vor einem Napf saß ein Kätzchen; weiß mit schwarzen Ohren und einer schwarzen Schwanzspitze.
Esther kauerte sich daneben. «Ist die nicht süß? Ich hab sie noch nicht lange, aber sie weiß schon, daß sie zu mir gehört.» Sie wartete, bis das Kätzchen gefressen hatte, dann nahm sie es auf den Arm. Amina gähnte und streckte die Pfoten weit von sich.

«Willst du sie mal streicheln?»
Susi fühlte das weiche Fell und die zarten Knochen darunter.
«Amina, Amina», sagte sie leise.
Ganz dicht standen die beiden Mädchen beieinander. Zwischen ihnen war die kleine Katze, die vor Behagen schnurrte.

5

Später ging Susi dann durch ihre eigene Wohnung. Sie betrachtete alles so, als sähe sie es zum ersten Mal.
Das Wohnzimmer war geräumig; es stand aber ziemlich viel drin: an der Wand ein Sofa mit einem Sessel, daneben Mutters Nähtisch auf hohen dünnen Beinen. Gegenüber Vaters Schreibtisch und ein Geschirrschrank. Gegessen wurde auch im Wohnzimmer. Ein Eßzimmer hatten sie nicht, dafür aber eine ‹gute Stube›. Ob die soviel galt wie ein Salon?
Die Möbel in der guten Stube waren schwarz poliert. Durch die Scheiben des Glasschranks schimmerten farbige Weingläser. Auch das Porzellan ‹für besser› wurde hier aufbewahrt.
Fünf Sessel waren um einen runden Tisch gruppiert. Sie waren mit grünem Samt bezogen und ziemlich unbequem. Außerdem stand da noch ein Spiegel, der fast bis zur Decke reichte, und eine Standuhr.

Die gute Stube wurde nur sonntags benutzt oder wenn Besuch da war und natürlich auch an Weihnachten. Dann wurde die gute Stube zum Weihnachtszimmer mit dem Christbaum.
Susi machte noch die restlichen Türen auf: das Elternschlafzimmer mit den dickbauchigen Federbetten und den Paradekissen, die nur zur Zierde, nicht zum Benutzen da waren; Susis eigenes Zimmer; das Bad mit dem Kohleofen fürs heiße Wasser; die Küche.
Lina schlief in der Kammer unterm Dach. Tagsüber putzte und schaffte sie in der Wohnung. Immer in einer dunkelblauen Trägerschürze.

Lina kam aus einer Familie mit zehn Kindern. Sie war die Älteste und gerade siebzehn geworden. Es war ein Jahr her, daß sie zum ersten Mal an der Tür bei Susis Mutter geläutet und um Brot gebettelt hatte. Als die Mutter ihr einen Kanten gab, bat sie um ein Messer und schnitt das Brot in kleine Brocken.
«Willst du damit Enten füttern?» hatte Susi gefragt. Lina war ganz blaß geworden und hatte die Brocken schnell in ihren Sack geworfen.
Später hatte Susi von der Mutter erfahren, warum Lina das mit den Brotbrocken machte: «Wenn sie nach Hause kommt, raufen sich ihre Geschwister um den Sack. Wer den ganzen Kanten Brot er-

wischt, der schnappt ihn sich und ißt ihn alleine auf. Von den Brocken bekommt jeder was ab. Das hat sich Lina ausgedacht.»

Aber satt? Wurden die Geschwister von den kleinen Brocken denn satt?

Lina war oft an die Tür gekommen. Und einmal hatte sie gefragt, ob nicht ein Dienstmädchen gebraucht würde. «Nur gegen Schlafplatz und Essen.» Seitdem arbeitete Lina im Haus. «Aber nicht ohne Lohn», sagte die Mutter.

Lina bekam fünfzehn Mark im Monat und hatte zum ersten Mal in ihrem Leben eine Kammer und ein Bett für sich allein. Zu Hause schliefen zehn Geschwister zusammen in drei Betten.

Wenn Lina abends hinaufging, nahm sie einen Wasserkrug mit und wusch sich in einer Emailschüssel. Wasser gab es in der Dachkammer nicht. Auch keinen Ofen. Wenn's kalt war, legte sich Lina eine Wärmflasche ins Bett. Aber das war nichts Besonderes. Die Schlafzimmer in der Wohnung wurden auch nicht geheizt. Im Winter bullerte nur im Wohnzimmer ein großer eiserner Ofen. Auf der Platte hinter einem Gittertürchen konnte man Bratäpfel schmoren lassen.

Susi wanderte von Zimmer zu Zimmer und schaute sich alles genau an. Und sie dachte: Bei uns ist es auch schön!

Dann ging sie in die Küche zu Lina. Die saß auf einem Hocker und pellte Erbsen aus. Susi bekam Lust, ihr dabei zu helfen. Für eine Weile wenigstens. Die grünen Schoten knallten so schön beim Aufdrücken. Und wenn die Erbsen noch ganz jung waren, schmeckten sie wunderbar süß.
«Gibt's bei euch zu Hause auch Erbsen?»
Lina zuckte mit den Schultern. «Doch keine Erbsen!»
«Was denn sonst?»
«Kartoffeln und Heringsbrühe.»
«Brühe? Nur die saure Brühe?»
Lina nickte. «Die Heringe essen die andern.»
Wenn Lina so redete, wußte Susi nicht weiter. Sie pellte stumm die Erbsen aus und warf zwischendurch heimliche Blicke auf Lina. Die saß steif aufgerichtet auf dem Hocker, die Ellbogen an den Leib gepreßt, die Erbsenschüssel auf dem Schoß. Wie immer hatte sie eine blaue Trägerschürze an. Sie sah aus wie eine Frau, gar nicht wie ein junges Mädchen, fand Susi. Ihr Haar war straff nach hinten gekämmt und zu einem Knoten gedreht. Der Knoten war ziemlich dünn, weil Linas Haar überhaupt dünn war.
So mager wie zu Anfang war Lina jetzt nicht mehr. «Aber», sagte sie, «wenn einer sein Leben lang darben mußte, setzt er nicht leicht an.»
«Was ist darben?» fragte Susi.

Lina zuckte mit den Schultern. Das tat sie meistens, wenn Susi etwas fragte.
«Darben. So was kennst du nicht!»
Lina redete nie viel. Und etwas erklären konnte sie schon gar nicht.
Susi hätte gern mehr gewußt: Wie es bei ihr zu Hause war. Wie das ist, wenn zehn Kinder in drei Betten schlafen. Ob sie jeden Tag nur Kartoffeln mit Heringsbrühe aßen. Aber Lina zuckte mit den Schultern und sagte nur: «Frag nicht so dumm!»

6

Am glücklichsten war Lina, wenn sie sich abends nach der Arbeit ein Sofakissen ins Fenster legen und hinausschauen konnte.
«Spazierengucken», nannte sie das.
Manchmal stellte sich Susi neben sie. Dann beobachteten sie gemeinsam, was auf der Straße vorging.
Vom dritten Stock aus konnten sie alles überblicken. Vor ihnen lag der ‹lange Hof›. Der hieß so, weil er sich von der Straße aus schmal und lang zwischen einer Gartenmauer und einer Bretterwand nach hinten zog. Bis zu einem niedrigen Gebäude mit der Werkstatt des Steinmetzen. Daneben war eine Löwenzahnwiese, auf der Grabsteine zum Bearbeiten standen.
Der Steinmetz schaffte immer bis zum Dunkelwerden. Dann radelte er durch den langen Hof und über die Grünestraße heim.
Neben dem langen Hof, ganz von einer Bretterwand umschlossen, lag die Pferdehandlung. An

der rückwärtigen Seite waren die Stallungen, davor ein weites Gelände, auf dem die Pferde vorgeführt wurden.
Am Abend war dort nichts los. Nur der Stallbursche pumpte noch Wasser aus dem Brunnen, um die Pferde zu tränken.
«Guck mal, Lina!»
Aus einem der Ställe stiefelte der lange Otto heraus. Otto war schon vierzehn und der Älteste der Grünestraßen-Kinder. Er wohnte in dem Haus neben Susi. Aber er spielte nicht mehr mit; höchstens bei ‹Räuber und Gendarm›. Da wollte Otto immer Gendarm sein und Räuber verprügeln.
Susi stupste Lina an. «Guck doch mal, was der macht!»
Abwechselnd mit dem Stallburschen pumpte Otto Wasser und schleppte die Eimer zu den Pferden.
«Uns jagt der Stallbursche immer fort. Der darf rein.»
«Kein Wunder», sagte Lina. «Wenn er hilft.»

Am nächsten Tag erzählte Susi den andern, daß der lange Otto bei dem Stallburschen eine gute Nummer hatte und immer rein durfte in die Pferdehandlung.
«Wenn der klopft, macht der Stallbursche das Tor auf», berichtete sie.

Heini grinste. «Und wenn wir klopfen, sperrt er zu.»
Robert kam von einer Erkundung zurück. «Heute kommen wir rein. Das Tor ist ein Stückchen auf. Los, beeilt euch!»
Der Spalt war gerade so breit, daß sich die Kinder durchquetschen konnten. Heimlich überquerten sie den sandigen Hof und drangen bis zu den Stallungen vor.
Die Stalltüren waren zweigeteilt. Der untere Teil war geschlossen, der obere stand weit offen. Ein Dunst von Pferdemist, Heu und warmen Tierleibern quoll nach draußen. Drinnen, im Halbdunkel, bewegten sich die Pferde in ihren Boxen. Sie schnaubten, stampften, nickten mit den Köpfen. Der geschlossene Teil der Türen war gerade so hoch, daß die Kinder darüberschauen konnten.
Geschafft! Der Stallbursche hatte sie nicht erwischt. Um sich nicht zu verraten, waren sie ganz leise.
«Seht ihr den da hinten, den Braunen?» flüsterte Lotte. «Das ist meiner.»
«Dann nehm ich mir auch einen», flüsterte Heini zurück und deutete auf den Rappen mit dem weißen Fleck auf der Stirn. Susi, Esther und Robert suchten sich auch Pferde aus. Und jetzt konnten sie nicht mehr leise bleiben, weil sie mit ihren Pferden reden mußten. Die sollten doch wissen, zu wem sie gehörten.

«Meins heißt Maxi; das kennt mich schon», sagte Lotte.
«Meins heißt Hoppelpoppel», sagte Heini.
«Hoppelpoppel! Ei was denn sonst noch?!» Der Stallbursche stand hinter ihnen. Aus irgendeiner Tür herausgekommen und über den Hof gelaufen.
«Ihr Rotznasen, ihr Läuszippel!» schimpfte er. «Ei macht ihr gleich, daß ihr fortkommt! Auf der Stell! Ihr habt hier nix verlorn.»
Dabei ging er auf die Kinder zu und schwang seine Peitsche. Natürlich tat er nur so, als wollte er sie schlagen. Trotzdem kreischten sie und liefen, was sie konnten.
Hinterher standen sie auf der Straße, mit klopfenden Herzen, aber stolz, daß sie es doch geschafft hatten, die Pferde zu sehen. Warum sie überall verjagt wurden und ausgerechnet von da, wo's am interessantesten war, wußte keiner. Das war eben so.

Wenn Pferde verkauft oder neue geliefert wurden, beobachteten die Kinder das durch die Astlöcher in der Bretterwand. Da gab es größere und kleinere. Solche, die genau in Augenhöhe lagen, und solche, zu denen man sich recken oder tief bücken mußte.
Die Kinder wußten natürlich genau, wo die besten Astlöcher waren. Die Größeren hatten mit

Kreide ihre Namen über das beschlagnahmte Loch geschrieben.
Bubi Schapiro war der Kleinste von ihnen. Er hatte mal versucht, die Namen von der Bretterwand wegzuwischen. Dabei hatte er sich einen ganz langen Splitter in die Hand gezogen.
«Geschieht dir recht», sagte Robert. «Du hast sowieso mehr Zeit zum Gucken.»
Bubi war erst in die Schule gekommen. Er hatte immer nur zwei oder drei Stunden am Tag. Und mit den Hausaufgaben war er auch schneller fertig als die Größeren.
«Ich hab noch nie richtig gucken dürfen», beklagte er sich bei Susi, die mit Robert zusammen an der Bretterwand stand. «Wenn's interessant wird, seid ihr ja immer alle da.»
«Pfft», machte Robert und wandte sich dem Astloch mit seinem Namen zu. Angespannt starrte er hindurch. Dann gab er Susi ein Zeichen: «Jetzt kannst du was erleben!»
«Und ich?» Bubi machte sehnsüchtige Augen und schupste ihn von hinten an.
Ohne das Geschehen jenseits der Bretterwand aus dem Auge zu lassen, deutete Bernhard auf ein Astloch in seiner Nähe. «Das ist der Erna ihrs. Solang sie nicht da ist, kannst du ja durchgucken.»
Bubi stellte sich auf die Zehenspitzen und preßte sein Auge ans Astloch.

«Was wollen die drei?» Er meinte die Männer, die vor den Stallungen standen. Der Pferdehändler bot ihnen gerade dicke Zigarren an und rief dem Stallburschen etwas zu.
«Käufer sind das», erklärte Robert. «Jetzt halt den Mund und guck!»
Der Stallbursche führte ein Pferd heraus. Die Männer umkreisten es einige Male, klopften ihm auf den Hals und aufs Hinterteil, hoben die Hufe an und stülpten ihm die Lippen hoch. Das Pferd

ließ sich alles gefallen. Es ging auch gehorsam mit, als der Stallbursche mit ihm über den Hof lief. Immer rundum, erst langsam, dann ganz schnell. Der Stallbursche hielt es am Zügel und mußte mitrennen.

Der Pferdehändler gab ein Zeichen. Das nächste Pferd wurde vorgeführt und dann noch eins. Das letzte schlug aus und wollte sich nicht ins Maul gucken lassen. Das mußte der Stallbursche gleich wieder wegbringen.

Dann führte er das erste noch einmal vor.

«Paßt auf», flüsterte Susi, «das nehmen sie.»

Aber so schnell wurden sich die Männer nicht einig. Einer der drei Fremden streckte dem Pferdehändler die Hand hin und sagte etwas dabei. Aber der Pferdehändler schüttelte den Kopf. Er streckte selbst die Hand hin, aber diesmal schüttelte der Käufer den Kopf.

«Was machen sie?» fragte Bubi.

«Feilschen», antwortete Robert. «Der Pferdehändler fängt bei einem ganz hohen Preis für das Pferd an; der Käufer bietet einen ganz niedrigen.»

«Und warum machen sie das mit den Händen?» erkundigte sich Bubi.

«Das gehört sich so beim Pferdehandel. Der eine bietet, streckt die Hand hin und will, daß der andere einschlägt. Wenn sie sich die Hände gegeben haben, ist der Kauf perfekt.»

Es dauerte lang, bis es soweit war. Mit hochroten Köpfen und aufgeregten Gesten feilschten sie um den Preis.
Einmal verschwand der Pferdehändler sogar im Stall und knallte die Tür zu. Das sah sich an wie: Schluß, aus, mir reicht's. Keinen Pfennig weniger!
Er wurde aber von den beiden Freunden des Käufers wieder herausgezerrt. Alle vier redeten laut aufeinander ein. Und schließlich war es perfekt: Sie hatten sich die Hände gegeben!
«Das war pfundig», sagte Bubi. Er strahlte vor Glück, weil er das mit Susi und dem großen Robert hatte sehen dürfen.
Die andern behandelten ihn immer noch so, als gehörte er zu den ganz Kleinen, obwohl er in die Schule ging. Wenn sie ihn nur nicht mehr Bubi nennen würden! In der Schule sagten alle Bernhard zu ihm, weil das sein richtiger Name war. Aber die auf der Straße wollten nicht. Als Bubi war er hergezogen, und jetzt blieb er Bubi. Da konnte er betteln, soviel er mochte.

7

Am Dienstag war nachmittags Turnen. Danach ließen sich Esther und Susi auf dem Heimweg viel Zeit. Sie mußten sich nicht beeilen wie mittags, wenn zu Hause das Essen wartete.

Zuerst besichtigten sie die Auslage des Schreibwarenladens von Frau Obermeier. In dem schmalen Schaufenster lag alles drunter und drüber: Schulhefte, Schiefertafeln, Zinnsoldaten, Zeichenblöcke, Holztiere für einen Bauernhof, Knallfrösche, Wasserfarben, Abziehbilder und unzählige andere Sachen. Der Sinn für eine übersichtliche Dekoration ging Frau Obermeier ab. Sie zog aus dem Schaufenster, was sie gerade brauchte. Lücken füllte sie unbekümmert mit Waren, die ihr im Weg standen.

«Ich mag Durcheinander», sagte Esther. «Du auch?»

Susi mochte das auch. «Zu Hause muß ich immer aufräumen. Und du?»

«Meiner Mutter ist es egal, wie's bei mir aussieht», sagte Esther. «Nur Elsa wird manchmal wütend.»

«Bei euch ist das aber komisch», sagte Susi.
«Warum komisch?»
«Weil ... weil deine Eltern nicht schimpfen und weil deiner Mutter alles egal ist.»
«Sie ist halt oft weg und mein Vater auch. Auf Geschäftsreisen.»
«Alle beide?»
«Mein Vater geschäftlich, und meine Mutter begleitet ihn. Wenn ich älter bin, darf ich auch mit Nach Indien und nach Paris.»
Indien, Paris – das war furchtbar weit weg. Und Esther war viel allein mit Alexander und Elsa. Als Susi bei dieser Überlegung angelangt war, sagte sie: «Jetzt hast du ja mich!»
Esther nickte. Sie hauchte die Schaufensterscheibe an und schrieb ‹Susi› auf die angelaufene Stelle. Da hauchte auch Susi die Scheibe an und schrieb ‹Esther›.
Sie beobachteten, wie die beiden Namen allmählich verschwanden, und nach einer Weile sagte Esther: «Bei Frau Obermeier gibt's Freundschaftsringe. Ich hab' sie gesehn. Kaufen wir uns welche?»
Susi war sofort Feuer und Flamme. Sie zog ihre Geldbörse heraus und zählte nach. «Ich hab aber nur noch fünf Zehner.»
«Das reicht», sagte Esther. «Ich hab schon gefragt.»
Frau Obermeier legte eine volle Schachtel vor Esther und Susi auf den Ladentisch; dünne sil-

berne Ringe mit roten, grünen oder blauen Steinen.
Esther stupste die Ringe mit dem Zeigefinger ein bißchen durcheinander. «Die sehen alle gleich aus. Gibt's denn keine anderen?»
«Freundschaftsringe meinst du?» fragte Frau Obermeier.
«Na, überhaupt Ringe.»
Frau Obermeier schaute Esther nachdenklich an, dann zog sie ein Päckchen aus einem Fach.
«Ich habe gerade eine neue Lieferung bekommen. Die hat mir der Vertreter aufgeschwätzt. Aber ich weiß nicht recht ...»
Das Zögern in ihrer Stimme machte die beiden Mädchen neugierig.
«Zeigen Sie doch mal!»
Der Karton war noch verschnürt. Frau Obermeier zupfte mit Fingerspitzen und Nägeln den Knoten auf. Die Kordel durfte nicht einfach durchgeschnitten werden; die war noch gut zu gebrauchen.
Es dauerte den beiden viel zu lange, bis Frau Obermeier den Deckel endlich abhob und das innere Seidenpapier auseinanderschlug. Darunter lagen die Ringe in fünf Reihen hintereinander. Sie waren ähnlich wie die andern, schmal und silbern, aber anstelle des bunten Steins hatten sie eine kleine Platte, auf der ein schwarzes Zeichen eingraviert war.

«Das ist ein Hakenkreuz», erklärte Frau Obermeier. «Das wird jetzt verlangt, hat der Vertreter gesagt.» Und dann wiederholte sie: «Aber ich weiß nicht recht.»
Esther und Susi gefielen die Ringe sofort.
«Ist mal was anderes», sagte Esther und zählte ihr Geld auf den Ladentisch.
Dann kaufte auch Susi einen, und sie steckten sich ihre Ringe gegenseitig an die Finger. Auf dem Heimweg streckten sie immer wieder die Hände aus und bewunderten ihre neuen Ringe.
«Jetzt sind wir Freundinnen für immer und ewig», sagte Esther.

Susi war gerade mit dem Mittagessen fertig, da läutete es. Esther stand auf der Straße.
«Kannst du mal runterkommen?» rief sie, als Susi aus dem Fenster schaute.
«Bin gleich unten», rief Susi zurück.
Esther wartete vor der Haustür.
«Du», sagte sie, «ich darf den Ring nicht tragen. Mein Vater hat gesagt, die Nazis, die mit dem Hakenkreuz, sind ganz schlimm.»
Susi schüttelte den Kopf. «Schlimm? Warum denn?»
«Mein Vater hat gesagt, die Nazis haben einen Führer, der Hitler heißt. Wenn der an die Regierung kommt, dann weiß man nicht, was aus uns wird. Weil ...» Esther zuckte mit den Schultern.

«Mein Vater hat gesagt, der Hitler will uns nicht haben.»
«Wen will der nicht haben?»
«Uns», antwortete Esther.
«Euch will er nicht haben?» Susi begriff nicht, wie Esther das meinte. «Warum will er euch nicht?»
«Weil wir Juden sind», sagte Esther leise.
«Glaub ich nicht», sagte Susi. Esther war doch nicht anders als sie selbst. Sie ging in einen anderen Religionsunterricht. Na gut, der Heini ging auch in einen anderen Religionsunterricht, weil er katholisch war.
«Und wo ...», fragte Susi schließlich, «wo hast du den Ring?»
Esther zog ihn aus der Schürzentasche. «Mein Vater hat gesagt, ich soll ihn wegwerfen, aber ich hab ihn noch. Ich wollte zu dir und es mit dir zusammen machen.»
Susi betrachtete den neuen Ring an ihrem Finger und fand ihn wunderschön. «Ich werf meinen nicht weg», erklärte sie.
«Und wenn ich meinen nicht tragen darf?»
«Aber ich darf.»
Esther bekam ganz dunkle Augen. «Dann», sagte sie, «dann bist du nicht meine Freundin.»
«Nicht deine Freundin?» Susi holte tief Luft. «Ohne Freundschaftsring bin ich auch nicht deine Freundin.»

Sie wußte gleich, daß sie etwas Dummes gesagt hatte, aber nun war es gesagt.
«Dann such dir doch eine andere!» rief Esther.
Sie warf ihren Ring auf die Straße und stampfte mit dem Fuß darauf. Dann rannte sie weg.
Der dünne Silberreif lag vor Susi. Die runde Platte mit dem Hakenkreuz war abgebrochen.
Eine Weile stand Susi davor und wußte nicht, was sie tun sollte. Esther hätte doch nicht gleich so zornig zu werden brauchen. Nur weil ihr Vater das gesagt hatte. Wer weiß, ob das überhaupt stimmte!
Plötzlich legten sich von hinten zwei Hände um ihre Augen und hielten sie zu. Susi wand sich los. Heini stand hinter ihr.
«Was stierste denn so in die Gegend? Ist was?»
Heini! Der tauchte immer im unpassenden Augenblick auf. Wenn er bloß den Ring nicht entdeckt hatte! Der war in die Rille zwischen zwei Pflastersteinen gerutscht. Susi stellte vorsichtig einen Fuß darauf.
«Nichts ist», antwortete sie. «Ich warte auf Lotte.»
Und weil Susi keine Lust zum Reden zeigte, zog Heini wieder ab. Als er außer Sichtweite war, nahm sie ihren Fuß von der Rille und bückte sich nach dem zerbrochenen Ring.

8

Zu Hause streifte Susi ihren Ring vom Finger und legte ihn neben die beiden auseinandergebrochenen Stücke. Wie sollte es jetzt weitergehn? Ob Esther am Nachmittag zum Spielen in die Grünestraße kommen würde? – Ging ja nicht! Sie hatte Geigenunterricht. Da kam sie nie. Aber wenn man mit einer zerbrochenen Freundschaft bis zum anderen Morgen wartet, eine ganze Nacht lang ...!
Da tönte es von der Straße: «Susi, komm runter! Susi, komm runter!»
Robert, Erna, Lotte und Heini schwenkten kleine Säckchen in den Händen. «Komm runter! Bring die Klicker mit!»
Susi war erlöst. Jetzt brauchte sie nicht weiter nachzugrübeln. Sie zog das Säckchen mit den kleinen Tonkugeln aus der Schublade und rannte die Treppe hinunter.
Robert wartete vor ihrem Haus. Die andern waren schon vorausgegangen in den langen Hof.

«Du, Robert», fing Susi an. Sie hätte ihm gern die Sache mit Esther erzählt, aber sie stotterte nur herum und fand nicht den richtigen Anfang.
«Ist was?» erkundigte sich Robert.
«Ooch, ich meine nur ...» Und weil ihr nichts Besseres einfiel, fragte sie: «Wie findest du Esther eigentlich? Ich meine, findest du sie immer noch affig?»
«Affig?»
«Hast du mal gesagt.»
«Ich?»
«Ja, du! Gefällt sie dir jetzt?»
Robert hob die Schultern. «Es geht.»
Wenn Robert ‹es geht› sagte, dann hieß das, ‹die ist in Ordnung›. Er gab nie zu, wenn ihm ein Mädchen gefiel.
Sie waren inzwischen bei den andern angelangt. Da merkten sie, daß ihnen der lange Otto gefolgt war. Er hatte mitbekommen, über wen sie redeten.
«Esther», sagte er und zog verächtlich die Mundwinkel herunter. «Die seh ich jetzt ständig in unserer Straße.»
«Na und?» fragte Robert.
«Hört mal gut zu», sagte Otto. «Eure Esther ist nichtarisch. Und Nichtarier haben hier nichts verloren. Verstanden?»
«*Was* ist Esther?» Susi hatte nicht begriffen, was Otto meinte. Lotte auch nicht.

Otto zuckte mit den Schultern: «De-be-de-de-ha-ka-pe!»
Das war eine seiner Abkürzungen und sollte heißen: **d**oof **b**leibt **d**oof, **da** **h**elfen **k**eine **P**illen. Ganz schnell schnurrte er das herunter. De-be-de-de-ha-ka-pe.
Und dann erklärte er: «Wenn einer Mendelsohn heißt, dann ist er ein Jud.»
«Na und?» fragte Robert wieder. «Bubi Schapiro ist auch einer.»

«Brauchst du mir doch nicht zu erzählen», erwiderte Otto. «Die sind alle auf meiner Liste. Mit denen wird aufgeräumt. Wartet nur ab!»
Er stemmte beide Arme in die Seiten, und Susi sah zum ersten Mal, daß er ein Hakenkreuzabzeichen am linken Ärmel trug. Genau so ein Hakenkreuz wie auf den Ringen.
«Wartet nur ab!» wiederholte Otto, drehte sich um und lief mit großen Sprüngen die Straße hinunter.
Die andern blieben stumm zurück.
Ob Esthers Vater doch recht hat? überlegte Susi. Warum redet der Otto über die Juden, als ob das was Schlechtes wäre?
Erna schaute von einem zum andern. Ihr blasses Gesicht wurde noch um einen Schimmer blasser. Sie umklammerte das Säckchen mit ihren Klickern. Die hatte Esther ihr geschenkt.
Erna ging mit Esther und Susi in die gleiche Klasse. Seitdem Esther ihr jeden Morgen von ihrem Frühstücksbrot abgab, hing Erna an ihr wie ein spindeldürrer Schatten.
«Laß doch den Spinner», sagte Robert endlich. «Kommt, wir klickern!»

Im langen Hof scharrte Heini eine Kuhle in die Erde. Dann warfen sie nacheinander ihre Klicker aus. Gespannt verfolgten sie, wohin die kleinen

Kugeln rollten. Wer Pech hatte, konnte alle seine Klicker verlieren.
Der Heini hatte an diesem Nachmittag viel Glück. Als sie anfingen, hatte er nur fünf Tonklicker in der Hand. Aber er zielte gut, und er gewann und gewann.
«Der macht uns fertig», sagte Robert.

Lotte warf ihre schönste Glasmurmel, eine mit bunten Spiralen in der Mitte. Aber die Murmel verfehlte das Ziel und rollte in die Kuhle. Dann kam Heini wieder an die Reihe. Er kniff die Augen zu schmalen Schlitzen zusammen und warf. Es klickte, die Kugeln schossen durcheinander, und Heini schrie auf: «Ich hab's! – Kerle, Kerle! – Die ganze Kuhle gehört mir.»
Er räumte die Kuhle aus und hatte auf einen Schlag ein ganzes Säckchen voll Klicker. Mindestens vierzig Stück. Auch zwei Glasmurmeln waren dabei; die von Lotte und eine von Susi. Der Heini hielt sie ganz selig in der Hand, und Lotte war wütend wie immer, wenn sie verloren hatte.
«Gib sie zurück!» schrie sie. «Das war Beschiß.»
Aber die andern hatten genau gesehen, daß der Heini nicht beschissen hatte.
Auch Susi hatte ziemlich viel verloren. Sie zielte schlecht. Ihre Gedanken waren immer wieder bei den Ringen.

Aber dann, als das Spiel schließlich zu Ende war, wußte sie, was sie tun würde. Sie lief in ihr Zimmer und wickelte die beiden Ringe in ein Papier.
«Ich muß noch schnell zu Esther», rief sie der Mutter zu.
«Die Sonne steht aber schon ganz tief», sagte die Mutter. «Bevor es dunkel wird, mußt du zu Hause sein!»

Elsa öffnete die Tür. «Esther ist in ihrem Zimmer», sagte sie und verschwand gleich wieder in der Küche.
Der lange Flur mit den vielen Türen lag vor Susi. Ganz am Ende war Esthers Zimmer. Susi tastete in ihrer Tasche nach dem Papier mit den Ringen. Beinahe hätte sie sich umgedreht und wäre wieder nach Hause gelaufen.
Aber da stand Esther auf der Schwelle. Und nun brauchte Susi nicht mehr viel zu erklären. Jetzt war mit einem Mal alles ganz einfach. Mit drei Sprüngen war Esther bei ihr. Susi hielt ihr das zerknüllte Papier entgegen, aus dem ein Stückchen Silber glänzte.
«Wohin?» fragte Esther.
«Hinter die Grabsteine im langen Hof», antwortete Susi.
Dann rannten sie los.

Der Steinmetz war schon nach Hause gegangen. Die Werkstatt hatte er mit einem eisernen Riegel verschlossen.
Susi fand eine dicke Glasscherbe. Damit kratzte sie ein Loch in die Erde.
Esther nahm Susis Ring, Susi den zerbrochenen von Esther. Gleichzeitig warfen sie die Ringe in das Loch. Einen Augenblick lang standen sie darübergebeugt, dann schaufelte Esther schnell Erde hinein.
«Für immer und ewig», sagte sie feierlich. Und Susi wiederholte: «Für immer und ewig.»

9

Eine Weile war es so, als sei alles wieder wie immer. In der Grünestraße waren jetzt die Ballspiele an der Reihe. Die Kinder konnten mitten auf der Straße spielen. Es kamen ja kaum Autos durch; höchstens drei oder vier am ganzen Tag. Die Bierfässer der Brauerei wurden auf Pferdefuhrwerke geladen.

«Fangt an!»

Robert nahm Bubi den Ball weg, warf ihn hoch und rief: «Esther!» Esther fing ihn auf, warf ihn wieder hoch und rief «Erna!»

Als Susi dran war, rutschte ihr der Ball durch die Hände und rollte den Rinnstein entlang.

«Mensch, paß doch auf!» Heini jagte dem Ball nach, der auf ein Kanalloch zurollte.

Alle zwanzig Meter war im Rinnstein eine Öffnung für das Regenwasser. Die war so hoch wie die Kante des Gehsteigs und ungefähr dreißig Zentimeter lang. Sie hatte kein Gitter und führte in den Abwasserkanal.

«Los Heini, schnapp ihn!»
Aber Heini war um eine Sekunde zu spät. Der Ball verschwand im Loch.
«Mein Ball!» heulte Bubi. «Immer nehmt ihr meinen.»
«Flenn doch nicht. Wir kriegen ihn schon wieder», beruhigte ihn Heini.
Sie versuchten gemeinsam, den Kanaldeckel auf dem Bürgersteig hochzuheben. Aber der war viel zu schwer.

«Ich geh mal fragen, ob uns jemand hilft.» Heini rannte zur unteren Grünestraße. Dort gab es genug arbeitslose Männer, die den ganzen Tag zu Hause waren.

Heini fand Ernas Vater mit dem Röder-Schorsch und dem Stock-Wilhelm vor der Haustreppe. Sie saßen auf Kisten und spielten Karten.

«Das lenkt uns ein bißchen von unserer beschissenen Lage ab», hatte Ernas Vater einmal zu Heini gesagt. «Da merkt man nicht, wie lang so ein Tag ist.»

«Unser Ball ...», erklärte Heini. «Könnt ihr vielleicht ...?»

Die Männer schauten nicht von ihren Karten auf.

«Der Ball! Es pressiert! Sonst schwimmt er weg.» Heini trippelte von einem Fuß auf den andern. Aber erst als die letzte Karte auf die Kiste geknallt war, lehnte sich der Röder-Schorsch zurück und blinzelte Heini an.

«Euer Ball? Soso. Wer ihn reingeschmissen hat, soll ihn auch wieder rausholen.»

«Wollen wir ja. Aber der Kanaldeckel ist zu schwer.»

Ernas Vater stand auf, blaß und mager. Der Stock-Wilhelm drückte ihn wieder auf die Kiste zurück.

«Laß mal! Mach ich schon.»

Viel zu langsam für Heini stapfte der Stock-Wilhelm zum Kanalloch. Er beguckte sich die Lage in aller Ruhe. Dann zog er einen langen, dicken

Schlüssel aus der Tasche, steckte ihn in den Schlitz des Kanaldeckels und wuchtete ihn hoch.
Der Ball schwamm noch oben auf dem Schacht. Robert hatte inzwischen einen Eimer besorgt und an eine Schnur gebunden. Er wußte, wie das ging, weil er schon öfter einen Ball herausgezogen hatte. Immer hatte es aber nicht geklappt. Es war schon vorgekommen, daß der Ball im letzten Augenblick weggerutscht und fortgeschwemmt worden war.
«Vorsicht!» Die Kinder standen dicht gedrängt um den Schacht und beobachteten, wie Robert den Eimer hinabließ. Er sank ein Stück ins Abwasser, und Robert schwenkte ihn an der Schnur hin und her, bis er unter dem Ball war. Aber so schnell schaffte er es nicht. Einmal wäre Bubis Ball um ein Haar davongeschwommen.
Endlich hatte ihn Robert genau über dem Eimer. Ganz vorsichtig zog er ihn heraus, und der Stock-Wilhelm schob den Kanaldeckel wieder über den Schacht.
Bubi tanzte vor Glück, daß sein Ball gerettet war. «Der stinkt ganz schön nach Klo.» Lotte hielt sich die Nase zu.
Aber Heini sagte: «Stell dich nicht an. Wenn er in Hundedreck rollt, stinkt er auch.» Er wischte das Gröbste an der Rinnsteinkante ab. Dann roch er mal dran und rief: «Weiter!»

Bubi wollte den Großen seinen Ball aber nicht mehr geben. «Ihr habt doch selbst welche.» Er klemmte seinen stinkenden Ball unter den Arm und lief nach Hause.
Susi und Esther hatten drei Bälle in den Hausflur bei Susi gelegt. Die holten sie sich jetzt, und auch Lotte lief heim und kam mit einem Ball zurück.
«Kommt, wir machen die ‹Probe›!» schlug sie vor. Lotte wollte immer die ‹Probe› machen, weil sie darin die Beste war.
Im langen Hof gab es eine glatte Wand, von der die Bälle gut zurücksprangen.

Robert und Heini maulten, weil sie keine Lust zur ‹Probe› hatten, aber Lotte fing gleich damit an: Sie boxte ihren Ball gegen die Wand, sie köpfte ihn, warf ihn unter dem angehobenen Knie durch, dann mit Schwung von hinten über die Schulter. «Guckt doch mal, was ich alles mache!» rief sie und stieß ihren Ball mit dem Knie, dann mit dem Ellenbogen gegen die Wand.
Esther und Susi spielten inzwischen mit drei Bällen gleichzeitig.
«Weiberkram», sagte Heini.
«Kindisch», sagte Robert.
«Ist euch ja nur zu schwer, ihr Affenschwänze», rief Lotte.

«Schneegänse, Spinatwachteln!» schimpften die Buben. Sie liefen aus dem langen Hof und kickten Roberts Ball über die Straße.
Aber als der Lumpensammler kam, standen sie doch wieder alle vereint beieinander.

Der Lumpensammler zog einen zweirädrigen Karren hinter sich her. Mit einem Gurt um die Schulter hatte er sich selbst davorgespannt. Mit der rechten Hand führte er die Deichsel. Ein struppiger Hund lief nebenher.
Die Kinder kannten den Lumpensammler. Er kam in regelmäßigen Abständen und kaufte für ein paar Groschen Lumpen, Alteisen, Flaschen und Papier. Daß er da war, kündigte er mit einem rauhen Singsang an: «Luump, Eiis, Flaasch, Piier!»
Was ihm die Leute brachten, schätzte er mit einem flinken Blick. Dann warf er es auf den Karren und klimperte ein paar Münzen aus seiner speckigen Geldbörse. Den Preis bestimmte er. Handeln ließ er nicht mit sich. Wem es zu wenig war, der konnte sich seinen alten Kram wieder vom Karren klauben. Aber das tat keiner.
«Luump, Eiis, Flaasch, Piier!»
Die Kinder begleiteten ihn ein Stück weit und sangen mit. Aber das mochte der Lumpensammler nicht. Und sein Hund fletschte die Zähne, wenn sie dem Karren zu nah kamen.

Die beiden Straßenmusikanten, die gleich darauf erschienen, gefielen den Kindern viel besser. Der eine hatte eine Trompete, der andere sang. Der Sänger strengte sich gewaltig an, weil die Trompete ihn übertönte. Die Adern an seinem Hals schwollen an, und sein Gesicht wurde ganz rot.
Fenster gingen auf. Münzen in Papier gewickelt flogen herunter. Darauf hatten die Kinder gewartet. Sie stürzten sich auf die Päckchen und brachten sie den Musikanten. Wieviel in so einem Päckchen war, konnten sie sich denken. Höchstens zwei oder drei Kupferpfennige. Sie hörten es am Klang.
Am unteren Ende der Grünestraße zogen die Musikanten vorbei, ohne zu spielen. Daß hier nichts zu holen war, sahen sie mit einem Blick. Und umsonst gab's nichts.

10

Was der lange Otto über Esther und die Juden gesagt hatte, ging Susi nicht aus dem Kopf, auch wenn alles wieder so war wie sonst. Sie mußte die Mutter danach fragen.

«Was ist nichtarisch, Mama? Und warum sind die Nazis gegen die Juden?»

Die Mutter blätterte gerade in einem Kochbuch und blickte zerstreut auf. «Wie kommst du denn auf so was?»

«Der Otto von nebenan hat das gesagt.»

«Ach der! Kümmere dich doch nicht um den! Das ist ein Schwätzer und Wichtigtuer.»

«Ja, aber ...»

«Bitte, Susi, du siehst doch, daß ich beschäftigt bin. Ich suche ein Rezept. Bring mich nicht durcheinander.»

«Ja, aber ...»

«Später, Susi, später.»

Später! Warum bekam sie nicht gleich Antwort? – Als ob ein Kochrezept wichtiger wäre als Esther!

Susi ging in ihr Zimmer und versuchte, Hausaufgaben zu machen, aber ihre Gedanken wanderten immer wieder ab. Juden und Christen – was war der Unterschied?

Da war ein Gespräch, an das sich Susi plötzlich erinnerte. Im Treppenhaus hatte eine Nachbarin zur Mutter gesagt: «Wir gehen immer zu Dr. Rosenbaum. Er ist Jude, aber ein guter Mensch und ein tüchtiger Arzt.»

‹Aber ein guter Mensch›! Wieso eigentlich ‹aber›?

Und dann gab es den kleinen Laden von Samuel Herz. Bei dem konnte man auch nach Ladenschluß noch hintenherum einkaufen. Sonst machte die Mutter ihre Besorgungen in andern Geschäften. Nur wenn sie etwas fürs Abendessen vergessen hatte, schickte sie Susi zu Samuel Herz. Aber sie sagte nicht: «Geh zu Herz.» Sie sagte: «Geh zum Juden.»

Susi verschränkte ihre Arme auf dem Tisch und legte den Kopf darauf.

Die Leute machen einen Unterschied, dachte sie. Und nicht nur die mit dem Hakenkreuz. Die Mutter war doch sonst gar nicht so. Zu Esther war sie ganz besonders lieb; die mochte sie gut leiden und Bubi Schapiro auch. Und trotzdem sagte sie das vom Juden.

Onkel Alfred sagte so was nie. Der redete überhaupt ganz anders. Der konnte auch nicht leiden,

wenn vom Krieg und vom Heldentum geredet wurde.
«Weißt du, Susi», hatte er einmal gesagt, «1914 sind wir mit Hurra in den Krieg marschiert; 1918 haben wir ihn verloren. Und die Krüppel, die jetzt rumlaufen, sind keine Helden. Arme Luder sind das.»
Über solche Sachen bekamen Vater und Onkel Alfred regelmäßig Streit. Susi wußte nicht, wer recht hatte. Hinterher vertrugen sie sich auch immer wieder. Onkel Alfred war ja Vaters Bruder. Ein bißchen lustiger war er, der Onkel Alfred. Bei Vater mußte immer alles streng nach der Ordnung gehn.
Ich frage Onkel Alfred, beschloß Susi. Nachher gehe ich zu ihm und frage ihn.
Dann nahm sie sich wieder ihre Hausaufgabe vor. – Wo war jetzt nur der Bleistift? Unter den Tisch gefallen und abgebrochen! Und das Federmesser zum Anspitzen war auch weg. Susi wußte, wo sie sich einen prima gespitzten Stift holen konnte. Konnte! – aber eigentlich nicht durfte: von Vaters Schreibtisch.
Wenn der Vater nur nicht so eigen wäre! Der merkte sofort, wenn Lina beim Staubwischen etwas verschoben hatte. Dann konnte er zornig werden. – «Ich paß schon auf», beruhigte Susi sich selbst. «Und wenn er aus dem Büro kommt, liegt der Bleistift längst wieder da.»

Vaters Schreibtisch war wie immer tadellos aufgeräumt. In der Mitte lag eine Schreibunterlage. Darüber eine längliche Schale, in der die Federhalter lagen. Zum Schreiben benutzte der Vater ganz spitze Stahlfedern. Rechts stand das Tintenfaß aus grünem Glas. Und da waren die Bleistifte! Frisch gespitzt und genau der Größe nach lagen sie nebeneinander. Der Vater hatte ein scharfes Messer,

mit dem er die Bleistifte anspitzte. Ganz gleichmäßig machte er das. Zuerst schnitt er rundum Holzspäne ab, dann schabte er die Mine spitz zu. Wenn Susi das probierte, brach die Mine immerzu ab. Und am Holz säbelte sie so herum, daß der Bleistift richtig verstümmelt aussah.
Aber weil der Vater ganz vernarrt war ins saubere Anspitzen, machte er das für Susi und die Mutter gleich mit.
Bevor sie sich einen Bleistift aussuchte, betrachtete Susi, was es sonst noch auf dem Schreibtisch gab: die Briefwaage, den Tintenlöscher, den Messinghalter mit Briefen und Notizzetteln, das runde Gestell, an dem vier Stempel hingen.
Und sie betrachtete das Bild des Reichspräsidenten von Hindenburg an der Wand über dem Schreibtisch. Der Hindenburg hatte weiße Haare, die ihm steil in die Höhe standen wie Borsten. Sein Schnurrbart war rechts und links nach oben gebürstet. Er schaute Susi so durchdringend an, daß sie dachte: Der weiß genau, wenn ich was angestellt habe.
Auf dem Bild trug er eine Uniform mit vielen Orden auf der Brust. «Er ist nämlich», hatte der Vater Susi erklärt, «nicht nur unser Reichspräsident, sondern auch Generalfeldmarschall.»
General-feld-marschall! Im Weltkrieg vierzehn – achtzehn war der Hindenburg das geworden. Da

hatte er eine Schlacht nach der andern geschlagen und einen Sieg nach dem andern errungen. Wenn die Leute darüber redeten, waren sie jetzt noch stolz darauf. Nur Onkel Alfred nicht. Der sagte: «Schlacht kommt von schlachten.»
Dem Vater gefiel der Hindenburg. Er nannte ihn einen aufrechten Deutschen aus echtem Schrot und Korn.
Wie das wohl sein mag, wenn einer aus Schrot und Korn ist?
«Den Russen hat er's gegeben», sagte der Vater. «Zehntausend hat er in die Masurischen Sümpfe getrieben.»
«Zehntausend?» fragte Susi. «Zehntausend was?»
«Russen natürlich.»
Ach so, Russen. Natürlich. Susi überlegte, was das für Menschen waren, die Russen. Und wie das war in den Masurischen Sümpfen. Ob es lange dauert, bis man versinkt? Zuerst mit den Füßen, dann mit den Beinen, und wenn man strampelt und rauskommen will aus dem Schlamm, zieht er einen immer tiefer hinein. Bauch, Arme, Schultern. – Als Susi beim Hals angelangt war, hörte sie auf, es sich auszumalen. Vielleicht war's gar nicht so schlimm, dachte sie. Vielleicht hat das Moor gehalten, und sie sind alle hinübergekommen und nach Hause gerannt. Und der Hindenburg hat's nicht gemerkt.

Aber wenn sie den Hindenburg anschaute mit seinen Orden und seinem Feldmarschall-Blick, dann wußte sie, daß dem keiner entkommen war. Sie stellte sich vor, wie er dastand vor den Masurischen Sümpfen, mächtig und ganz allein. Wie er seinen Feldmarschall-Arm ausstreckte und wie zehntausend Russen in das Moor, in das schwarze Wasser …

«Nein», sagte Susi und schaute den Hindenburg an, ganz erschreckt. Beinahe hätte sie vergessen, weshalb sie gekommen war. Aber dann fiel es ihr wieder ein. Und obwohl sie die Augen vom Hindenburg auf sich gerichtet fühlte, nahm sie einen Bleistift von Vaters Schreibtisch.

«Geht dich ja nichts an!» sagte sie und wandte sich ab.

11

Onkel Alfred wohnte in einem kleinen Gartenhaus am Main. Das war praktisch, weil er im Hafen als Lagerverwalter arbeitete. Er hauste ganz alleine; eine Frau hatte er nicht.
Nachmittags um fünf Uhr war er meistens daheim. Um viertel nach fünf stand Susi vor seiner Tür.
«Komm rein in die Luxusvilla», begrüßte sie der Onkel. «Du kriegst Kartoffelpuffer mit Apfelmus. Ich bin gerade beim Kochen.»
Aus einer Schüssel klatschte er ein paar Löffel Kartoffelteig in die Pfanne mit heißem Fett. Es spritzte und zischte und roch wunderbar.
Onkel Alfred kniff ein Auge zu und forschte in Susis Gesicht.
«Hast du was auf dem Herzen?»
Da platzte Susi gleich mit ihrer Frage heraus: «Was ist nichtarisch, und warum ist das schlimm?»
Es dauerte eine Weile, bis Onkel Alfred antwortete. «Das ist ein ernstes Thema», sagte er. Gleich darauf blitzte es aber wieder in seinen Augen. «Auf

nüchternen Magen kann ich über so was Ernstes nicht reden. Da bekomme ich Bauchschmerzen. Jetzt essen wir erst mal die Kartoffelpuffer. Die brennen sonst an. Außerdem schmecken sie frisch aus der Pfanne am besten.»

Das fand Susi auch. Während sie zusammen die erste Portion verzehrten, brutzelte die nächste schon in der Pfanne.
Als der ganze Kartoffelteig verbraten war, lehnte sich Susi zurück. «Und jetzt erklär mir!»
«Ich nehme an, es geht um Esther», sagte Onkel Alfred.
Susi nickte. «Und um den langen Otto. Der hat sowas geredet.»
«Mmm», machte Onkel Alfred. «Kein Wunder. Ottos Vater ist ein bekannter Nazi. Der ist bei allen Schlägereien dabei. Und Otto, das Bürschlein, macht auch schon eifrig mit.»
Onkel Alfred gab seinem Teller einen Schubs, daß es schepperte. «Arier. Wenn ich das schon höre. Eine arische Herrenrasse will er züchten, dieser Hitler. Mit der will er die Welt beherrschen. Plötzlich sollen wir alle Arier sein, Germanen. Nur die Juden nicht. Die verfolgt er mit seinem Haß. Nichtarier nennt er sie. Am liebsten würde er sie wegwischen von der Erde.»
«Wegwischen?»
Onkel Alfred zuckte mit den Schultern. «Verstehen kann man das nicht. Hat ja auch nichts mit dem Verstand zu tun. Aber glaub mir, Susi, dieser Hitler ist gefährlich.»
Susi nickte. Sie begann zu begreifen, warum sich Esthers Vater Sorgen machte, warum er sagte, daß

die Nazis nicht an die Regierung kommen dürften.
«Meinst du», fragte sie, «der kommt an die Regierung? Der Hitler?»
Onkel Alfred hob beide Hände hoch. «Wenn das passiert, dann gute Nacht, armes Deutschland. – Aber», setzte er hinzu, als er Susis erschreckte Augen sah, «... aber es muß ja nicht so kommen.»
Er legte Susi beide Hände auf die Schultern. «Genug davon. Komm mit zum Hafen. Da liegt ein Frachtschiff aus Holland vor Anker. Das zeige ich dir. Ich kenne den Kapitän.»

Als Susi eine Stunde später nach Hause kam, stellte Lina gerade das Abendbrot auf den Tisch. Brot und Butter und einen Teller mit einem flachen runden Käse.
«Hab keinen Hunger», erklärte Susi. «Ich hab bei Onkel Alfred gegessen. Kartoffelpuffer mit Apfelmus. Und auf einem Schiff aus Holland bin ich gewesen. Der Kapitän hat mir holländische Kekse geschenkt.»
«Setz dich doch wenigstens ein bißchen zu uns», sagte die Mutter und goß eine Soße aus feingeschnittenen Zwiebeln, Essig und Öl über den Käse.
«Aha, Handkäs mit Musik», stellte der Vater fest.
«Stinkerkäs», sagte Susi.

Der Vater nahm den Brotlaib und schnitt ein paar Scheiben ab. «Nicht zu dick, nicht zu dünn», sagte er.
Brotschneiden konnte er am besten. Genau wie Bleistiftspitzen.
«Na, Susi, was macht denn mein Bruder Alfred?» fragte er.
«Er hat mir das mit den Nichtariern erklärt», sagte Susi.
Die Mutter schaute auf. «Ach richtig! Du hast mich danach gefragt. Ich hätte es dir schon noch erklärt.»
«Ich weiß es ja jetzt», sagte Susi.
Lina war in die Küche zurückgegangen. Die Mutter gab Handkäse und Zwiebelsoße für sich und den Vater auf.
«Ein einfaches Essen», sagte sie.
«Was willst du? Ist doch ausgezeichnet.» Der Vater bestrich sich ein Brot mit Butter und schnitt feine Streifen vom Käse ab. «Wenn wir das im Schützengraben gehabt hätten!»
«Was habt ihr denn da gehabt?» fragte Susi.
«Tagelang nur trockenes Brot, wenn der Nachschub nicht durchkam.»
«War das in Rußland?»
Der Vater kaute und nickte. «1915 in Rußland. Wo sie mir das Loch durch die Mütze geschossen haben.»

Diese Geschichte erzählte der Vater besonders gern. Susi wollte sie auch immer wieder hören und stellte sich alles genau vor: wie er Wache geschoben hatte im kalten russischen Winter. Mit einer hohen Pelzmütze auf dem Kopf, die ihm das Leben rettete. Weil der Russe nämlich zu hoch geschossen hatte, dahin, wo kein Kopf mehr war, nur noch die hohe Mütze. Und die hatte dann zwei Löcher. Eins, wo die Kugel reinging, und eins, wo sie rauskam.

«Tjaja», bestätigte der Vater, «das war haarscharf vorbei.»

Die Mutter klapperte nervös mit dem Messer auf dem Tellerrand.

«Hör doch auf mit den alten Kriegsgeschichten!»

Der Vater legte seine Hand auf die ihre. «Ist ja noch mal gutgegangen und kommt nie wieder.»

«Hoffentlich!» antwortete die Mutter.

Als Susi das Geschirr abräumte, saß Lina am Küchentisch und aß noch. Über ihren Teller gebeugt, kaute sie jeden Bissen langsam und gründlich.

12

Ich werde mit Esther darüber reden, nahm sich Susi vor. Über die Christen und die Juden und wie das alles ist. Aber einfach so, ohne die passende Zeit, ging das nicht.

Und dann entdeckten sie die Kutsche.

Das war an einem Nachmittag im September. Alle waren auf der Straße versammelt, um Verstecken zu spielen.

Sie stellten sich in einen Kreis zum Abzählen.

Heini kam dran und sagte seinen Lieblingsreim:

«Evi hat ins Bett geschissen
mitten aufs Paradekissen.
Mama hat's gesehn,
und du darfst gehn!»

Nacheinander schieden alle aus bis auf Lotte. Die blieb übrig und mußte suchen.

«Abschlag an der Laterne!» sagte sie und schlenderte in eine Toreinfahrt. Mit dem Rücken zur Straße zählte sie laut bis zwölf, während die andern sich versteckten. Zuerst zählte sie langsam, dann immer schneller «... zehn-elf-zwölf – ich komme!» Sie rannte auf die Straße und begann zu suchen.

Robert hatte sich hinter den Mülltonnen versteckt. Er stürzte als erster an Lotte vorbei und klatschte dreimal an den Laternenpfahl. «Eins, zwei, drei – ich bin frei!»

Bald darauf wagten sich auch Erna und Heini aus ihren Verstecken und klatschten sich frei. Nur Bubi schaffte es nicht. Lotte entdeckte ihn, lief zum Laternenpfahl und rief: «Eins, zwei, drei für Bubi!»

Jetzt mußte Bubi suchen.

«Wo ist denn Esther?» fragte Robert.

«Susi fehlt auch noch», sagte Erna.

Sie riefen: «Herbei, herbei!» Aber die beiden Mädchen kamen nicht. Da spielten die andern ohne sie weiter.

Susi und Esther aber saßen in der alten Kutsche im Hof der Pferdehandlung.

An der Schmalseite des Holzzauns, da, wo die Pferdehandlung an den langen Hof grenzte, war eines der Zaunbretter lose. Oben wurde es noch durch zwei Nägel gehalten, unten ließ es sich abheben; gerade so weit, daß ein Kind durchschlüpfen konnte.

Esther hatte das entdeckt und zog Susi mit. «Ein prima Versteck. Dahinter findet uns keiner.»

Sie kauerten im Hof der Pferdehandlung, dicht an der Bretterwand, und lauschten. Vor den Blicken des Stallburschen schützte sie die Kutsche, die nahe bei der Wand stand. Es war eine alte Kutsche mit einem schwarzen Verdeck und blinden Fensterscheiben.

«Da möchte ich mal rein», sagte Susi.

Esther schlich hin und drückte den Türgriff herunter. Der Schlag ging auf. Da überlegten sie nicht lange und kletterten hinein.

Drinnen roch es nach Pferden und Leder. Die schwarzen Polster waren zerschlissen. An vielen Stellen quoll das Roßhaar heraus und piekte in die Beine.

Um sich nicht zu verraten, wagten sie nur zu flüstern, und sie rückten dicht aneinander.

In dem engen schwarzen Raum war alles voller Heimlichkeit: die Stille, der fremde Geruch, das Dämmerlicht, die warme Nähe des andern.

Jetzt ist die richtige Zeit, dachte Susi. Jetzt konnte sie Esther fragen.

«Wie ist das, wenn man ein Jude ist?»

Darauf wußte Esther nicht gleich eine Antwort. Sie überlegte eine Weile, dann fragte sie zurück: «Wie ist es, wenn man ein Christ ist?»

«Dann glaubt man an den lieben Gott», sagte Susi.

«Wir glauben auch an Gott.»

«An denselben?»

Esther nickte. «Mein Vater hat gesagt, die Juden und die Christen haben denselben Gott.»
«Und Jesus Christus?»
«Den haben wir nicht. Unser Rabbiner sagt, für uns ist er kein Gott und auch nicht der Messias.»
Eine Weile war es still zwischen ihnen. Susi wünschte sich so sehr, daß sie und Esther das gleiche glaubten. Es sollte nichts zwischen ihnen sein, was sie trennte.
«Aber an den lieben Gott», fing sie wieder an, «an den, der alles geschaffen hat, den Himmel und die Erde, an den glauben wir beide.»
«Alle Juden und alle Christen, das hat mein Vater gesagt», bestätigte Esther.
Jetzt war Susi zufrieden und lehnte sich ins Polster zurück. –
«Susi, Esther! Herbei, herbei!» tönte es von der Straße zu ihnen herüber.
Da kletterten sie aus der Kutsche, schlüpften durch die Zaunlücke und spielten wieder mit. Aber ihr Versteck verrieten sie keinem.
Die alte Kutsche blieb ihr Geheimnis.

13

Wenn sie sicher waren, daß die andern es nicht merkten, schlüpften Esther und Susi in die alte Kutsche. Manchmal brachte Esther ihr Kätzchen mit. Dem gefiel es dort. Es rupfte mit seinen Krallen das Roßhaar aus den zerschlissenen Polstern und spielte damit.

Einmal hatten sie sich in die Kutsche geflüchtet, weil es zu schütten begann. Der Regen trommelte auf das Verdeck, und die Tropfen sammelten sich an den Scheiben.

Die beiden Mädchen schauten zu, wie so ein Tropfen ganz prall und schwer wurde. Wie er sich löste und als Rinnsal über das Glas zitterte. Sie suchten sich Tropfen aus und wetteten, welcher zuerst unten ankommen würde. An die beschlagenen Scheiben malten sie mit den Zeigefingern Tiere und Männchen. Und sie erzählten sich von Sachen, über die sie sonst nicht redeten.

«Hast du schon mal einen Toten gesehen?» fragte Susi.

Esther nickte. «Meinen Großvater. Der ist bei uns gestorben.»

«War das schlimm?»

«Schlimm?» fragte Esther zurück. «Als er sterben mußte oder als er tot war?»

«Beides», sagte Susi.

«Er war doch schon alt», sagte Esther. «Und er war sehr fromm.»

«Meinst du, wenn man fromm ist, geht es leichter?» Und weil Esther nicht gleich antwortete, fragte Susi weiter: «Glaubst du, daß man ein Engel wird?»

Esther schüttelte den Kopf.

«Warum nicht?» fragte Susi. «Glaubst du nicht, daß es Engel gibt?»

«Doch, es gibt welche. Aber Engel sind ganz anders.»

«Wie anders? Nicht wie auf den Bildern?»

Wieder schüttelte Esther den Kopf. «Das kann man nicht wissen, weil man sie nicht sieht.»

«Ich stell sie mir aber vor», sagte Susi.

«Wie?»

«Ganz durchsichtig und leicht.»

Das gefiel Esther. «Vielleicht wie Licht», sagte sie.

Dann redeten sie nicht mehr.

Nach einer Weile erzählte Esther wieder vom Großvater; wie er bleich und ein bißchen fremd im Sarg gelegen hatte. In einem Sarg, der nach jüdischem Brauch aus einfachen Brettern gezimmert war. Wie dann, nachdem der Großvater begraben war, sieben Tage lang alle Verwandten und Freunde gekommen waren. Einfach nur, um bei der Familie zu sitzen.

Hufgetrappel, Klirren und Rucken an der Kutsche schreckte die Mädchen auf.
Was war das? – Du lieber Himmel, es ächzte und schaukelte – die Kutsche setzte sich in Bewegung! Ehe sie richtig erfaßten, was los war, fuhren sie aus dem Hof hinaus und die Straße hinunter.
«Wir springen raus!» flüsterte Esther.
Aber Susi hielt sie zurück. «Sie fährt zu schnell.»
Wer auf dem Kutschbock saß, konnten sie nicht sehen. Die Kutsche hatte nur Fenster zur Seite. Aber an seinem Pfeifen und den Befehlen, die er dem Pferd zurief, erkannten sie den Stallburschen.
«Wir müssen klopfen. Er weiß ja nicht, daß wir hier drin sind.»
Sie machten sich gegenseitig Mut und fingen an zu klopfen und zu rufen. Aber der Stallbursche gab durch nichts zu erkennen, daß er sie hörte. Er fuhr einfach weiter. Pfiff und fuhr weiter.
Zuerst kamen ihnen die Straßen noch bekannt vor, dann wußten sie nicht mehr, wo sie waren. Sie versuchten es noch einmal mit Klopfen und

Rufen. Vergeblich. Der Stallbursche knallte mit der Peitsche und kümmerte sich nicht um sie. «Ein hinterhältiger Kerl ist das», sagte Esther. «Der weiß genau, daß wir hier sitzen.»
Susi wurde es unheimlich. «Wo der mit uns hinwill?»
Sie hatten sich schon oft ausgemalt, wie wunderbar es wäre, in der Kutsche einmal richtig zu fahren. Aber so wie jetzt, ohne ihren Willen abtransportiert zu werden, ohne zu ahnen, wohin …
Sie rückten eng aneinander und legten sich die Arme um die Schultern. Esther holte tief Luft. «Komm, irgendwann muß er doch anhalten.»

Wie lange sie unterwegs waren, konnten sie nicht mehr abschätzen. Und sie wußten nicht, ob es vom Regen dämmrig war oder vom anbrechenden Abend. Sie schauten nicht mehr hinaus und lauschten nur noch auf das Hufgeklapper und das Rumpeln des Wagens.
Mit einem Mal verlangsamte sich die Fahrt. Es ruckte und quietschte; die Kutsche hielt.
Ohne zu überlegen, stießen sie die Wagentür auf und sprangen hinaus. – Sie standen im Hof der Pferdehandlung!
Einen Augenblick lang waren sie so verwirrt, daß der Stallbursche Zeit gewann, um ihnen den Fluchtweg zu versperren.
«So, jetzt habt ihr mal gesehen, wer hier zu sagen hat!» wetterte er los. «Untersteht euch noch einmal! Dann geht's aber anders aus. Dann könnt ihr flennen und schauen, wie ihr heimkommt.»
Die beiden Mädchen wechselten einen raschen Blick. «Los!» sagte Esther, drängte sich an dem Stallburschen vorbei und schlüpfte durch die Zaunlücke. Susi kletterte sofort hinterher.
«Zugenagelt wird», rief ihnen der Mann nach. «Schluß! Aus mit euch Kroppzeug!»
Sie standen im langen Hof, und der Schreck kribbelte ihnen im Bauch.
Esther kniff die Beine zusammen. «Ich muß mal. Ganz dringend!»

Susi merkte auch, daß sie dringend mußte. «Komm!» Sie zog Esther ein Stück weiter nach hinten in den langen Hof auf die Löwenzahnwiese, wo die Grabsteine standen. «Hier sieht uns keiner.»
Und dann hockten sie nebeneinander hinter zwei Steinen. Susi zog als erste die Hose wieder hoch. Erleichtert betrachtete sie die große Pfütze, die unter ihr in die Erde sickerte. Aber Esther war noch nicht soweit.
«Mach schnell!» drängte Susi.
«Ich muß ..», Esther bekam ängstliche Augen, «ich muß auch noch groß.»
Da war nichts zu machen.
«Paß auf den Steinmetz auf!» flüsterte sie.
Susi behielt die Tür zur Werkstatt im Auge. Ein Haufen hinter den Grabsteinen! Das war bisher nur ein einziges Mal passiert. Da konnte es der Heini nicht halten. Der Steinmetz hatte ihn erwischt und ganz fürchterlich geflucht. – Als ob das so schlimm wäre! Die Hunde machen ja auch überall hin.
Als Esther endlich fertig war, rupften sie schnell ein paar Büschel Gras und bedeckten den Haufen damit. Dann rannten sie aus dem Hof, so schnell sie konnten.
Der Regen hatte inzwischen aufgehört, und es war wieder hell geworden. Wie spät es wohl war?

Sie fragten einen Passanten. Noch früher Nachmittag! Die Kutschfahrt konnte also gar nicht so lange gedauert haben. Und sie war ihnen doch ewig vorgekommen.

14

Susi war fest davon überzeugt, daß der lange Otto hinter der Sache mit der Kutsche steckte. Er hatte sie bestimmt beobachtet und beim Stallburschen verpetzt.

Seit dem ersten Mal beim Fenstergucken mit Lina hatte sie Otto fast jeden Tag in der Pferdehandlung gesehen. Er half, den Stall auszumisten, er striegelte die Pferde, und manchmal ritt er sogar über den Hof.

Mit Pferden konnte er gut umgehen, und das gefiel Susi. Wenn er nur sonst nicht so gemein gewesen wäre!

Die Straßenkinder waren froh, daß er sich nur noch selten blicken ließ.

Robert sagte: «Der soll ruhig wegbleiben, der Spielverderber.»

Zwei Tage später stand Otto vor seinem Haus, lässig an einen Torpfosten gelehnt, und betrachtete die Kleineren geringschätzig.

«Na, ihr Hosenscheißer! Habt wohl den Wind der neuen Zeit noch nicht erfaßt.»
Er prahlte mit der Hitlerjugend, in der er Jungvolkführer war.
«Alles echte deutsche Jungs», sagte er. «Die gehn mit mir durchs Feuer. Die kommunistischen Bluthunde werden wir zusammenschlagen, genau wie die Juden!»
Dann nahm er eine straffe Haltung an und sang ein Lied seiner Hitlerjugend von der Fahne, die voranflattert:

«Wir marschieren für Hitler durch Nacht
und durch Not.
Ja, die Fahne ist mehr als der Tod.«

Mehr als der Tod! Eine Fahne! Die Kinder starrten ihn an.

Wenn Otto gegen die Kommunisten hetzte, stand Heini ganz beklommen dabei. Alle wußten, daß sein Vater Kommunist war. Und sie wußten, daß es zwischen den Nazis und den Kommunisten immer Schlägereien gab. Einmal hatten sie gesehen, wie Heinis Vater mit blutigem Gesicht nach Hause kam.
Der Heini sagte sonst immer, was er dachte. Aber gegen den langen Otto kam er nicht an. Da war er lieber still. Sie verstanden nur halb, was der Otto eigentlich wollte. Aber Susi dachte jetzt nicht

mehr, daß er nur ein Spinner war. Sie hatte Angst vor ihm.
Otto hatte es wieder einmal geschafft, daß alle verstört herumstanden. Er warf den Kopf zurück und sagte: «Ich muß jetzt zum Appell, ihr Trantüten!»
Dann marschierte er mit strammem Schritt davon.
Zum Glück hatte Esther seine Hetzereien noch nie gehört. Sie spürte nur, daß er sie nicht mochte, und lief fort, wenn er sich zeigte.

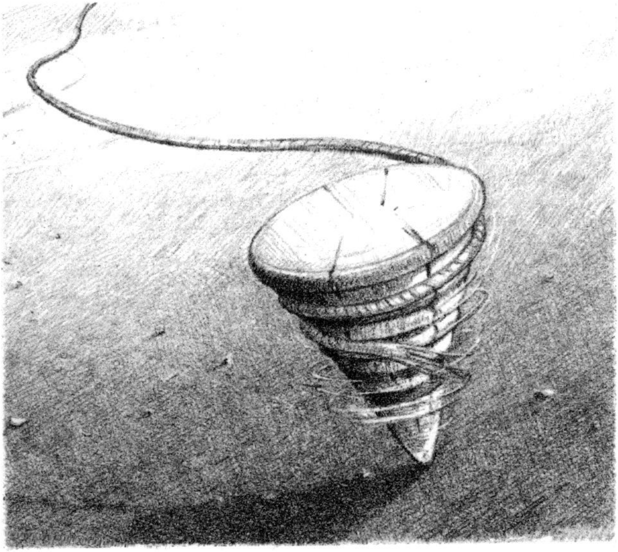

Die Straßenkinder hielten zu ihr, und sie vergaßen Ottos Geschwätz auch bald wieder. Es gab Wichtigeres für sie. Zum Beispiel die Dobsche!

Wie auf geheime Verabredung hatten alle ihre Dobsche hervorgeholt, kleine Kreisel aus Holz, die mit der Peitsche angetrieben wurden. Bei den meisten war die Farbe abgeplatzt, weil sie schon so oft getanzt hatten.
Die Kinder wickelten ihre Peitschenschnur um den oberen Rand. Damit sie besser hielt, hatte der Dobsch drei Rillen. Wenn die Schnur ganz aufgewickelt war, setzten sie den Dobsch mit einer Hand auf den Boden. Mit der anderen zogen sie die Peitschenschnur ab. Das mußte blitzschnell gehen, sonst kam der Dobsch nicht in Schwung. Wenn er sich erst einmal drehte, war das Schwerste geschafft. Dann wurde er gepeitscht, damit er weitertanzte.
Außer Bubi Schapiro konnten es alle. Dem Bubi mußten sie seinen Dobsch immer aufsetzen. Weiterpeitschen konnte er dann allein. Lotte hatte sogar zwei Dobsche. Die hielt sie gleichzeitig am Drehen. Da rannte sie vom einen zum andern und peitschte mal den, mal den.
Wenn Erna und Heini dabei waren, bekamen sie den zweiten Dobsch von Lotte geliehen. Da konnten sie abwechselnd dobschen. Eine Peitsche

hatten sie selbst. Dazu brauchten sie nur einen dünnen Stock und ein Stück Schnur.
Das Kopfsteinpflaster der Fahrstraße eignete sich nicht für den Dobsch. Da waren die vielen Rillen, in denen er hängenblieb. Deshalb wurde jedesmal um die besten Stellen auf dem Gehsteig gekämpft. Wenn die Dobsche kreiselten, wichen die Fußgänger lieber auf die Fahrstraße aus, weil sie keinen Peitschenhieb abkriegen wollten.
Nur der Rollbrett-Edi wich nie aus. Er schrie schon von weitem: «Platz da!»
Eigentlich brauchte er gar nicht zu schreien. Wenn sie ihn sahen, sammelten die Kinder sofort ihre Dobsche auf und ließen ihn vorbei.

Der Rollbrett-Edi war ein erwachsener Mann, aber er war kleiner als die Kinder, weil ihm die Beine fehlten. Er saß auf einem Brett mit vier Rollen darunter. Das Brett schnallte er sich mit Riemen um den Bauch, damit er nicht herunterrutschte. In jeder Hand hielt er ein kleines Polster, das mit Leder bezogen war und oben einen Holzgriff hatte. Mit dem stieß er sich ab. Er kam unheimlich schnell vorwärts, und er hatte es auch immer sehr eilig.
Selten redete er mit jemandem. Aber einmal hatte Susi etwas aufgeschnappt. Da hatte der Edi gesagt, daß seine Beine in Rußland geblieben seien.

In Rußland geblieben! Edis Beine! Ganz allein ohne Edi! Und jetzt brauchte er ein Rollbrett.
Onkel Alfred sagte: «Auch so ein armes Luder, das der Krieg zum Krüppel gemacht hat.»
Die Frau Gruber vom ersten Stock sagte: «Ein Opfer fürs Vaterland.»

Einmal traf Susi den Rollbrett-Edi in der Stadt, als sie mit der Mutter einkaufen ging. Er saß vor dem großen Warenhaus und hatte eine Blechbüchse vor sich stehen. In der Büchse lagen ein paar Kupfermünzen. Auf einem Stück Pappkarton stand: *Kriegsversehrter bittet um eine milde Gabe.*
«Gib ihm was!» Die Mutter nahm drei Kupferpfennige aus der Geldbörse. Aber Susi schüttelte den Kopf und zog die Mutter weiter.
«Was hast du denn? Warum willst du's ihm nicht bringen?»
Warum? Das wußte Susi selbst nicht genau. Vielleicht, weil sie den Rollbrett-Edi kannte. Vielleicht, weil er so starr geradeaus schaute, durch alle hindurch. Vielleicht auch, weil er auf dem Rollbrett sitzen mußte, kleiner als sie selbst.
Die Mutter wartete eine Weile. Dann ging sie hin und legte die Münzen selbst in die Büchse.
Im Warenhaus drängten sich die Leute in den Fahrstuhl. Eingequetscht zwischen der Mutter und fremden Einkaufstaschen, fuhr Susi nach oben.
«Erfrischungsraum dritter Stock», sagte der Fahrstuhlführer. Ein warmer Dunst von Kaffee und heißen Würstchen schlug ihnen entgegen. Und als Susi dann in eine Nußschnecke biß, hatte sie den Rollbrett-Edi vergessen.

15

Die Entführung mit der Kutsche war eine Gemeinheit gewesen. Viel schlimmer aber war, was am Waschtag geschah.

Alle vier Wochen wurde große Wäsche gewaschen. Die Mieter benutzten die Waschküche im Keller abwechselnd. Wer Waschtag hatte, bekam vom Hauswirt zwei Schlüssel; einen für die Waschküche, einen für den Hinterhof, wo die Wäsche aufgehängt wurde. Der Hof hatte ein viereckiges Rasenstück, auf dem die Kinder wunderbar hätten spielen können. Das durften sie aber nicht. Der Rasen war nur zum Bleichen der Wäsche da. Wenn die Sonne schien, wurden die Wäschestücke dort ausgebreitet und mit Wasser begossen. Das zog die Flecken heraus und machte die Wäsche weiß.

Wenn Susis Mutter Waschtag hatte, weichte Lina am Abend zuvor die Wäsche in einer mächtigen Holzbütte ein. In aller Früh heizte sie dann den Kessel an.

«Nicht zu viele Kohlen, damit die Wäsche nicht überkocht!» schärfte ihr die Mutter jedesmal neu ein.
Um sieben Uhr erschien dann Frau Liebreich, die Waschfrau. Mit einem langen Holzlöffel stocherte sie in der brodelnden Waschbrühe herum. Dann wuchtete sie die tropfnassen, dampfenden Wäschestücke heraus und warf sie in eine große Zinkwanne.
Bevor Susi zur Schule mußte, schaute sie noch rasch von außen durchs Waschküchenfenster. Es stand offen. Vor lauter Dunst war Frau Liebreich kaum zu sehen. Weiße Schwaden quollen aus dem Fenster und rochen wunderbar.
Susi schnupperte und konnte sich kaum losreißen.
Frau Liebreich und Lina schleppten viele Zinkwannen voll nasser, schwerer Wäsche in den Hof zum Bleichen. Später trugen sie die Wäsche von der Bleiche wieder nach unten, weil sie noch mal ausgespült werden mußte. Dann wurde sie mit den Händen ausgewrungen, wieder hochgeschleppt und aufgehängt. Wenn es regnete, jammerten alle. Da mußte das schwere Zeug fünf Treppen hoch auf den Speicher zum Trocknen getragen werden.
An Waschtagen gab es immer Linsensuppe mit Bauchspeck.

«Das kocht von alleine», sagte die Mutter. «An Waschtagen kann man keine große Kocherei machen.»
Ob Frau Liebreich überall, wo sie waschen geht, Linsensuppe mit Bauchspeck bekommt? überlegte Susi.
Am Abend zuvor half Susi Linsen sortieren. Unter den Linsen fanden sich immer welche, die schlecht waren. Die mußten aussortiert werden, sonst schmeckte die ganze Suppe danach. Und Steinchen waren auch manchmal dabei.

Susi freute sich auf den Waschtag. Wegen der Linsensuppe, wegen des Waschküchendunstes, und weil das der einzige Tag im Monat war, an dem sie im Hof spielen durfe.
«Aber nur leise», mahnte die Mutter. «Die Straßenkinder darfst du nicht mitbringen.»
Das wußte Susi ja selbst. Der Hauswirt sagte es ihr immer wieder. Er sagte, daß es eine Ausnahme sei, wenn sie am Waschtag in den Hof dürfte. Und daß die Leute im Haus Ruhe haben wollten. Und daß es schon genüge, wenn die Kinder auf der Straße so viel Krach machten.
«Aber Esther darf!» sagte Susi zur Mutter. «Zu zweit machen wir keinen Krach.»
Am Nachmittag kam Esther. Sie brachte Amina im Katzenkörbchen mit.

Das Kätzchen beschnupperte die neue Umgebung, und die beiden Mädchen dachten sich Spiele für sie aus. Sie banden ein Stück Papier an eine Schnur und ließen Amina danach haschen. Sie rollten ihr einen Ball zu, den sie mit zarten Pfoten vor sich her stupste.
Aber Amina war noch klein. Wenn sie eine Weile herumgetobt hatte, wollte sie wieder ein bißchen schlafen. Sie gähnte, kroch in ihr Körbchen und rollte sich zusammen.
Da tönte Lachen und Kreischen von der Straße herüber.
«Hexe, Hexe Kaukau! Hexe, Hexe Kaukau!»
Die Kinder waren bei einem ihrer Lieblingsspiele. Die Hexe Kaukau saß in einem Versteck und wurde von den Kindern herausgelockt. «Fang uns doch! Fang uns doch!»
«Die spielen Hexe Kaukau», sagte Esther. «Komm, wir machen mit!»
«Und Amina?»
«Die schläft. Und sie kann doch nicht raus aus dem Hof, oder?»
Nein. Der Hof war rundum von Mauern umgeben, und Amina konnte noch nicht so hoch klettern. Sie war hier ganz sicher.
«Wir bleiben nicht lang», sagte Esther.
Dann liefen sie auf die Straße.
«Hexe, Hexe Kaukau!»

Wild und ausgelassen spielten sie – bis Otto plötzlich unter ihnen stand. An seinem ausgestreckten Arm baumelte und zappelte etwas Kleines, Weißes – Amina!
Esther schrie auf und stürzte sich auf Otto. Der wich aber flink aus und rannte mit langen Schritten die Straße hinunter auf die Brauerei zu. Amina maunzte jämmerlich.
«Gib sie her! Gib sie her!» Esther und Susi jagten Otto nach. Robert, Erna, Lotte und Heini hetzten hinterher.
Aber Otto hatte längere Beine. Bis die andern ankamen, war er auf das Vordach der Brauerei geklettert. Die Kinder standen unten, baten und bettelten.
Otto zog ein hämisches Gesicht. «Soviel Geschiß um eine Judenkatze! – Da habt ihr sie!»
Er packte Amina mit beiden Händen und warf sie vom Dach hinunter auf die Straße.
Den Kindern blieb der Atem weg.
Amina drehte sich in der Luft, streckte die Pfoten aus und landete auf allen vier Tatzen. Sie war geschickt gefallen, aber als sie laufen wollte, hinkte sie und jammerte.
Esther war sofort bei ihr und nahm sie behutsam auf. Die rechte Vorderpfote hing schlaff herunter.
«Die hat sie gebrochen», meinte Erna.
Esther drückte Amina an sich und streichelte sie.

Ihre Tränen tropften in das Fell der kleinen Katze. Robert versuchte sie zu trösten. «Wenn es nur die Pfote ist, dann wird sie wieder.» Dabei legte er seinen Arm um Esther. Aber er zog ihn gleich wieder zurück, wurde rot und wandte sich ab.
Esther wollte jetzt sofort heim. Die Mutter sollte mit ihr zum Tierarzt gehen. Susi holte das Katzenkörbchen aus dem Hof und begleitete Esther nach Hause. Dann rannte sie zu ihrer Mutter.
«So ein Dreckskerl!» jammerte sie. «Runtergeschmissen hat er Amina. Einfach vom Dach geschmissen!»
Sie heulte vor Zorn und Mitleid und Entsetzen.
Und Otto? In der Aufregung um das Kätzchen hatte keiner gemerkt, daß er vom Dach geklettert und abgehauen war.

16

Daß der Otto so etwas Gemeines mit Amina gemacht hatte, beschäftigte die Kinder noch lange. Von Susi erfuhren die andern, daß der Tierarzt die Pfote mit einem Steifverband umwickelt hatte. Sie heilte schnell, und die kleine Katze konnte bald wieder laufen.
Aber Esther kam jetzt seltener in die Grünestraße. Ihr Kätzchen brachte sie nie mehr mit.
Morgens auf dem Schulweg trafen sich Esther und Susi wie immer an der Ecke. Erna rannte in letzter Minute hinterher.
Zum Glück hatten sie Herrn Köhler als Klassenlehrer. Bei dem war's nie langweilig. Er lachte gern, und er hatte immer neue Ideen für den Unterricht.
Für die Naturkunde brachte er interessante Sachen mit: ein Eichenblatt mit dicken runden Auswüchsen von Gallwespen; die Puppe eines Schmetterlings; Muscheln, die er aus einem Bach gefischt hatte. Einmal sogar ein Ei mit einem an-

gebrüteten Küken. Das Ei hatte er zu Hause aufgeschlagen, weil er sich einen Pfannkuchen backen wollte. Aber mit einem angebrüteten Küken! – Da hat er es lieber mit in die Schule gebracht, um zu zeigen, wie so ein Tier aussieht, wenn es noch nicht fertig ist.

Herr Köhler war der netteste Lehrer der ganzen Schule. Das fanden alle. Susi schwärmte sogar Onkel Alfred von ihm vor. Der lachte und sagte: «Kein Wunder, er gehört ja auch zur selben Partei wie ich.»
Was das für eine Partei war, hatte er nicht dazugesagt, aber Susi wußte es auch so. Der Vater sagte nämlich oft, wenn er von Onkel Alfred sprach: ‹der alte Sozi›. Und er hatte Susi erklärt, daß das die Abkürzung für die Sozialdemokraten sei. Von denen hielt der Vater nicht viel. Warum, wußte Susi nicht. Aber wenn Herr Köhler auch ein ‹alter Sozi› war, dann konnte es eigentlich nichts Schlechtes sein.

Als Susi zum Abendessen von der Straße heraufkam, saßen der Vater und Onkel Alfred im Wohnzimmer und diskutierten.
«Könnt ihr denn über gar nichts anderes mehr reden als über Politik?» beklagte sich die Mutter.
«Meine liebe Marianne», sagte Onkel Alfred, «im

Augenblick gibt es nichts Wichtigeres als die nächste Wahl.»
«Wann ist die denn?» fragte Susi.
«Schon bald. Im November.»
«Und was wählst du?» fragte Susi ihren Vater.
Aber das wollte er nicht sagen. «Wahlen sind geheim», erklärte er. «Das braucht man nicht auszuposaunen.»
Der Vater posaunte nie etwas aus, was er «eine persönliche Sache» nannte.
Es gab aber genug Leute, von denen man genau wußte, welche Partei sie wählten, weil sie es laut sagten und Fahnen aus ihren Fenstern hängten.
«Von welchen Fahnen gibt's die meisten?» wurde ein neues Spiel der Kinder in der Grünestraße. Sie begannen Wetten abzuschließen und zu zählen. Am unteren Ende überwogen die kommunistischen Fahnen mit Hammer und Sichel. Dann wurde es gemischt: schwarz-rot-goldene, schwarz-weiß-rote und dazwischen viele Hakenkreuzfahnen.
An Susis Haus hing plötzlich auch eine Hakenkreuzfahne. Die gehörte den Grubers, und sie war so lang, daß sie den Leuten in der Wohnung darunter ins Fenster wehte.

Der Tag, an dem die Wahl stattfand, war ein naßkalter Novembertag. Die Mutter legte sich den

Fuchspelz um, den sie von Tante Friedel geerbt hatte. Beinahe feierlich sah es aus, als die Eltern zum Wählen gingen.
Susi begleitete sie und wartete draußen vor dem Wahllokal. Sie betrachtete die vielen Wahlplakate und hörte zu, wie die Leute diskutierten und miteinander stritten.
Plötzlich ging die Prügelei los.

Zwei Männer in brauner Uniform hatten Wahlplakate heruntergerissen.
«Nazischweine!» schrie einer aus der Menge.
«Kommunistensäue!» brüllten die Braunen zurück.
Und schon stürzten fünf Männer aufeinander los, verkeilten sich, stießen sich gegenseitig zu Boden, traten sich mit Stiefeln. Lederriemen sausten durch die Luft.
Die Umstehenden hielten Abstand. Keiner wollte in die Schlägerei verwickelt werden. Susi war ganz in der Nähe stehengeblieben und verfolgte den Kampf mit großen Augen.
«Von denen ist einer so schlimm wie der andere», sagte eine Frau und drängte Susi ein Stück zurück.
Dann ein Schrei: «Polente!»
Zwei berittene Polizisten tauchten auf. Sofort ließen die Schläger voneinander ab und verschwanden um die Ecke. – Lieber verduften als verhaftet werden!
Susis Eltern kamen aus dem Wahllokal geeilt, und die Mutter zog Susi an sich. «Nur weg von hier!»
Auf dem Heimweg schritten sie nicht mehr so feierlich. Da strebten sie eilig nach Hause und gingen allen Menschenansammlungen aus dem Weg.

Als der Vater am nächsten Abend die Wahlergebnisse im Radio hörte, sagte er: «Aha! Die Bäume wachsen nicht in den Himmel. Der Hitler hat Stimmen verloren.»

«Kommt er dann nicht an die Regierung?» fragte Susi.

«Vorläufig jedenfalls nicht», antwortete der Vater.

Und Susi dachte erleichtert: Vorläufig nicht und vielleicht überhaupt nie.

17

Auf der Straße war jetzt nichts mehr los. Es war kalt und regnete viel. Da blieben die Kinder lieber im Haus. Susi ging nachmittags meistens zu Esther. Frau Mendelsohn hatte den beiden Mädchen Seidenreste geschenkt und ihnen gezeigt, was man daraus alles machen kann: Taschentuchbehälter, Deckchen, kleine Beutel für Kämme und Spiegel.
«Geschenke für Weihnachten», sagte Susi.
Und Frau Mendelsohn erklärte ihr: «Wir haben auch ein Lichterfest im Dezember. Chanukka heißt es.»
«Chanukka», wiederholte Susi. «Das hab ich noch nie gehört.»
«Du mußt mal abends kommen, wenn wir den Leuchter anzünden. Acht Lichter sind darauf, und an jedem Abend wird eines mehr angezündet. Zur Erinnerung an den Tempel in Jerusalem.»
Susi freute sich, daß Frau Mendelsohn jetzt oft mit ihr sprach. Zu Anfang hatte sie sich immer scheu an Esthers Mutter vorbeigedrückt, weil die

so anders war als ihre eigene: Sie kam Susi viel schöner vor, eleganter und immer ein bißchen verträumt.
Seit einiger Zeit schaute Frau Mendelsohn häufiger ins Zimmer, wenn Susi bei Esther war. Aber Alexander war fort. Die Eltern hatten ihn nach England ins Internat geschickt.
«Schade», sagte Susi. Für sie war Alexander der tollste Junge, den sie kannte, mit seinen Geheimnissen und seinem Gold.

Zu Weihnachten bekam Susi einen Rodelschlitten. Aber es gab noch keinen Schnee. Da mußte sie warten. Grau und langweilig schlich der Januar dahin.
Dann kam der Abend, an dem Onkel Alfred ins Haus stürzte und sagte: «Jetzt haben wir den Schlamassel. Der Hitler hat's geschafft!»
«Was hat er geschafft?» fragte Susi.
«Reichskanzler ist er geworden.»
Aufgeregt lief Onkel Alfred im Zimmer auf und ab.
Die Mutter schob ihm einen Stuhl hin. «Deshalb kannst du trotzdem was mit uns essen.»
Onkel Alfred setzte sich an den Tisch, starrte vor sich hin und rührte keinen Bissen an.
«Immerhin», sagte der Vater und klatschte einen Löffel Quark auf seine Pellkartoffeln, «immerhin

hat ihn der Hindenburg dazu ernannt. Der wird schon wissen, was recht ist.»
Der Hindenburg? überlegte Susi. Das war doch der mit den Russen und den Masurischen Sümpfen; der Reichspräsident über Vaters Schreibtisch. Und Hitler? Der war jetzt doch an die Regierung gekommen, obwohl der Vater gesagt hatte: ‹vorläufig nicht›.
Susi schaute Onkel Alfred an, aber der schüttelte nur den Kopf und sprach kein Wort.
«Du siehst zu schwarz, Alfred», sagte der Vater. Ganz versöhnlich klang das. «Erst mal abwarten! Vielleicht wird jetzt endlich alles besser. Die vielen Arbeitslosen müssen von der Straße, und wir brauchen wieder eine Ordnung im Land.»
«Jaja», sagte Onkel Alfred, stand auf und ging ohne Gruß davon.
«Hartköpfiger Sozi!» knurrte der Vater hinter ihm her und schob sich eine Pellkartoffel in den Mund.

18

«Es schneit, es schneit!» sang Susi, als sie ein paar Tage darauf aus dem Fenster schaute. Dick vermummt liefen die Leute über die Straße.
Susi schlang ihren neuen Wollschal um den Hals. Den hatte ihr die Großmutter zu Weihnachten gestrickt. Eigentlich war er nur für sonntags. Aber Susis Wintermantel kratzte so schrecklich. Da mußte sie unbedingt den weichen Schal darunterziehen.
«Ich paß schon auf!» rief sie der Mutter zu und schulterte ihren Ranzen.
Esther wartete an der Ecke. Es war so kalt, daß sie von einem Bein auf das andere trippelte. Sie liefen zusammen los und schoben dabei mit den Händen Schnee von niedrigen Mauern und Briefkästen.
Vor der Schule war eine wilde Schneeballschlacht im Gang. Da mußten sie unbedingt mitmachen. Es läutete schon, als sie ihre nassen Mäntel aufhängten.

Wie immer in letzter Minute huschte Erna durch die Klassentür. Sie war blaugefroren; die Nase stand ihr spitz im Gesicht. Nur mit einem dünnen Jäckchen kam sie an. Sie hatte keinen Schal und keine Mütze.
In der Bank schlüpfte sie heimlich aus ihren Schuhen. Durch die Löcher in den Sohlen war das Schneewasser gedrungen. Jetzt hatte sie eiskalte, nasse Füße.
Aber Erna war nicht die einzige, die keine warmen Sachen hatte. Auch Heini kam immer vor Kälte schnatternd in die Schule. Den ganzen Winter über trug er nur einen einzigen, viel zu kurzen Pullover, geflickt und gestopft mit Lappen und Wolle, wie sie seine Mutter gerade hatte.
«Kein Wunder», sagte Susis Mutter. «Heinis Vater ist schon seit zwei Jahren arbeitslos. Er geht stempeln.»
Was ‹stempeln gehen› bedeutete, wußte Susi. Sie wußte, daß Heinis Vater jeden Tag zum Arbeitsamt ging. Dort wartete er mit dem Röder-Schorsch und dem Stock-Wilhelm und vielen anderen in einer langen Schlange am Schalter. Alle hofften auf das Glück, eine Stelle zu ergattern.
Wenn die Männer vor dem Haus beim Kartenspielen auf ihren Kisten saßen, redeten sie über nichts anderes. Susi kannte das schon, aber richtig vorstellen konnte sie es sich nicht. Susis Vater hat-

te eine feste Anstellung; er war noch nie arbeitslos gewesen.
Einmal, als Susi Erna zum Spielen abholen wollte, schlurfte gerade der Röder-Schorsch mit langen Schritten auf das Haus zu. «Wieder nichts», sagte er. «Heute leider nicht, haben sie gesagt. Heute! Als ob es morgen anders wäre! Da latschst du dir jeden Tag die Sohlen durch, und die geben dir keine Arbeit, nur einen Stempel.»
«Und wenn du nicht hinlatschst und dir keinen Stempel holst, kriegst du nicht mal die lumpigen paar Mark Unterstützung», setzte der Stock-Wilhelm hinzu. «Wenn die Frau nicht ein paar Kröten mit Putzen und Waschen heimbringt, reicht's nicht mal für Miete und Brot.»

«Den Kindern der Arbeitslosen schaut der Hunger aus den Augen», sagte Susis Mutter, und sie gab Susi immer ein Schmalzbrot mehr mit zum Verschenken.
Auch den Bettlern, die mittags um eine Suppe läuteten, gab die Mutter zu essen. Für die Bettler war ein extra Teller da und ein Blechlöffel. Wenn Susi aus der Schule kam, saß meistens ein Mann in zerlumptem Zeug auf der Treppe und löffelte seine Suppe.
Ob der Vater recht hat? überlegte Susi. Ob es jetzt besser wird für die Arbeitslosen? Sie mußte Onkel

Alfred danach fragen, aber der war schon eine ganze Weile nicht mehr gekommen.
Die Mutter sagte: «Ich mach mir Sorgen um Alfred. Der kann seinen Mund nicht halten.»
«Was darf er denn nicht sagen?» fragte Susi.
«Bei den Nazis», antwortete die Mutter, «darf bald keiner mehr den Mund auftun, wenn er anders denkt.»

«Esthers Vater denkt auch anders», sagte Susi.
Die Mutter hob die Schultern und machte ein bekümmertes Gesicht.
Sie war tags zuvor bei ihrem Hausarzt, Dr. Levi, gewesen. «Er hat mir gesagt, daß er sich als Jude in Deutschland nicht mehr sicher fühlt, daß er auswandern wird.»
«Was ist denn auswandern?» fragte Susi.
«Wegziehen in ein fremdes Land», antwortete die Mutter. «Die Goldschmitts vom Bettengeschäft sind auch weg. Ganz plötzlich. Alles haben sie zurückgelassen. Zu Spottpreisen verkauft.»
«Aber Esther nicht», sagte Susi. «Esther wandert nicht aus.»
Gleich am nächsten Morgen auf dem Schulweg fragte Susi danach.
«Gell, ihr geht nicht weg. Ich meine auswandern, wie die Goldschmitts.»
«Auswandern?» Esther schüttelte den Kopf. «Meine Eltern wollen nicht, und ich will erst recht nicht.»
Susi holte tief Luft. «Dann ist ja alles gut.»

19

Helga war die erste aus Susis Klasse, die in der Uniform der Hitlerjugend erschien. Schwarzer Rock, weiße Bluse mit dem Hakenkreuzzeichen am Ärmel. Um den Hals ein schwarzes Dreiecktuch, das durch einen Knoten aus Lederriemen gezogen wurde. Ziemlich flott sah das aus. Und Helga schwärmte von den Heimabenden, an denen sich die Jungmädel trafen. Da wurde erzählt, gesungen und musiziert. «Unsere Führerin ist pfundig», sagte Helga. «Die spielt Gitarre, und ich lerne jetzt Flöte.»

Dann, nach den Osterferien, bekam die Klasse eine neue Lehrerin. Der Rektor führte sie ein.
«Ich bringe euch Frau Weigand. Sie wird euere Klassenlehrerin anstelle von Herrn Köhler, der die Schule verlassen hat.»
Die Schule verlassen? Ausgerechnet Herr Köhler! Warum denn? Susi wollte fragen. Aber vor dem Rektor wagte sie es nicht.

Die Augen der Klasse waren auf die neue Lehrerin gerichtet. Frau Weigand hatte ein frisches, rundes Gesicht. Ihr Haar war in der Mitte gescheitelt und zu einem dicken Knoten geschlungen. Am Aufschlag ihres grauen Kostüms steckte das schwarzweiß-rote Parteiabzeichen mit dem Hakenkreuz.
Esther senkte den Blick und begann, sich einen Wollfaden aus dem Ärmel ihres Pullovers zu zupfen.
«Nun Kinder», sagte der Rektor, «wollt ihr Frau Weigand nicht begrüßen?»
Da sprangen alle auf und riefen im Chor: «Guten Morgen, Frau Weigand.»
Frau Weigand nickte, lächelte, und nachdem der Rektor gegangen war, begann sie mit dem Unterricht.

Vor der ersten Stunde am andern Tag, als die Klasse zum Morgengruß aufstand, winkte Frau Weigand ab.
«Wartet einen Augenblick.» Sie ließ ihre Augen über die Klasse schweifen und sagte dann: «Von heute an sollt ihr nicht mich, sondern den Führer grüßen. Ich bin nicht so wichtig.»
Sie streckte den rechten Arm aus und sagte: «Heil Hitler!»
Sofort fuhren vierunddreißig Arme in die Luft: «Heil Hitler!»

Esther war auch aufgestanden, aber den Arm hatte sie nicht gehoben. Mit gesenktem Kopf stand sie da. Keines der Mädchen achtete auf sie, auch Susi nicht. Erst als alle wieder in den Bänken saßen, fiel ihr auf, daß Frau Weigands Blick prüfend auf Esther lag.

«Ach so, ich weiß schon! Esther Mendelsohn, nicht wahr?»

Esther nickte, schaute aber nicht auf, und Frau Weigand fuhr fort: «So geht das natürlich nicht! Eine Schülerin, die den Führer nicht grüßt, ja vielmehr, die gar nicht das Recht hat, ihn zu grüßen, kann ich in der ersten Reihe nicht dulden. Das wirst du einsehen, Esther. Nimm bitte deine Sachen und tausche den Platz mit ...», ihr Blick glitt über die letzte Reihe. «Wie heißt du da hinten?»

Helga sprang auf und nannte ihren Namen.

«Gut, Helga, komm nach vorn!»

Wortlos, mit zusammengepreßten Lippen, schob Esther ihre Hefte in den Ranzen. Auch Susi griff nach ihren Sachen. Ohne zu überlegen packte sie ihre Schultasche. Sie wollte bei Esther bleiben, das war klar. Und wenn Esther nach hinten mußte, dann ging sie auch. Sie stand auf und blickte um sich. Die Augen der ganzen Klasse waren auf sie gerichtet. In Frau Weigands Miene spiegelte sich Erstaunen.

Esther trug schon ihren Ranzen durch die Bankreihen nach hinten. Susi schaute ihr nach, aber sie konnte keinen Fuß rühren. Sie war wie festgebannt durch das Schweigen und die vielen Augen. Die Tasche in ihren Händen wurde schwer, und die Zeit dehnte sich endlos.

Helga hatte inzwischen ihre Bücher unter die Bank geschoben.

Sie lachte Susi an und flüsterte: «Kann nichts dafür. Befehl ist Befehl.»

Schließlich griff Frau Weigand nach einem Buch und schlug es auf.

«Was ist denn, Susi? Setz dich doch endlich!»

Da rutschte Susi in die Bank zurück und legte ihre Hefte wieder aufs Pult.

In der Pause war Esther umringt von Klassenkameradinnen.

«Das ist fies von der Weigand», sagten sie. «Laß dir das nicht gefallen. Wir melden es dem Rektor.»

Aber dann meldete es doch keine.

Und nicht alle aus der Klasse hielten zu Esther. Eine Gruppe scharte sich auch um Helga. Die war schon immer beliebt, weil sie lustig und kameradschaftlich war. Wenn eine Probearbeit geschrieben wurde, hielt sie die Hand nicht über ihr Blatt. Das taten viele, damit ihnen niemand etwas abguckte. Helga ließ abschreiben; das machte ihr

nichts aus. Eigentlich war sie ein nettes Mädchen.
Auf dem Heimweg redeten Susi und Esther kein Wort. Esther schubste einen Stein mit den Füßen vor sich her. An der Ecke, an der sie sich trennen mußten, blieben sie voreinander stehen. Susi wollte etwas sagen, aber alles, was ihr einfiel, war: «Diese blöde Weigand!»

An diesem Nachmittag saß Susi stundenlang über ihren Hausaufgaben. Sie konnte keine einzige Rechenaufgabe lösen, und sie schaffte es auch nicht, vier Strophen eines Gedichts auswendig zu lernen.
Auf den Buchseiten tauchten immer wieder Bilder auf: die vielen Augen, die sie angestarrt hatten, Frau Weigand mit dem Hakenkreuzabzeichen und Esther, allein in der letzten Bank.
Morgen, beschloß Susi, morgen setze ich mich neben sie. Da kann sich die Weigand auf den Kopf stellen.
Sie wollte noch schnell zu Esther laufen, um es ihr zu sagen. Aber der Vater fing sie an der Tür ab. Ausgerechnet heute fiel es ihm ein, sie nach den Hausaufgaben zu fragen.
Er ließ sich ihr Rechenheft zeigen, und sein Gesicht verfinsterte sich. Bei dem Gedicht wurde es nicht besser. Susi blieb in jeder Strophe ein paarmal stecken.

«Du bleibst zu Hause und lernst!» entschied der Vater.
«Ich muß aber unbedingt ...», wehrte sich Susi.
«Erst, wenn du dein Gedicht fehlerfrei aufsagen kannst.»
Susi schluckte. Sie nahm sich das Gedicht wieder vor, aber jetzt ging es erst recht nicht. – Wenn sie wenigstens ein Telefon gehabt hätte wie Esther. Aber ein Telefon! Das hatte im ganzen Haus keiner.
Morgen! dachte Susi. Warte bis morgen, Esther!

20

Am andern Tag stand Susi frühzeitig an der Kreuzung, aber Esther kam nicht. Vielleicht vorausgegangen, beruhigte sich Susi, obwohl sie es nicht glaubte.

Sie sah sofort, daß der Platz in der letzten Bank leer war, daß Esther nicht gekommen war.

In der ersten Stunde hatten sie Deutsch.

Frau Weigand schlug das Klassenbuch auf. «Fehlt jemand?»

«Ja, Esther Mendelsohn», meldete die Klassensprecherin.

«Ist eine Entschuldigung da?»

Es war keine da.

«Aha», machte Frau Weigand.

Sie schrieb eine Notiz ins Klassenbuch und begann, das aufgegebene Gedicht abzufragen.

Gleich nach der letzten Stunde rannte Susi zur Wohnung von Mendelsohns.

Die Tür stand offen. Susi zögerte. Dann trat sie

ein, ohne zu läuten. Sie wußte plötzlich, daß Läuten keinen Sinn hatte, daß Esther fort war.
In der Diele lagen ein paar Scherben und zerknülltes Packpapier. Susi ging von Zimmer zu Zimmer. Alles leer. Keine Möbel, keine Bilder, nur die Gardinen hingen noch vor den Fenstern, und auch die Deckenlampen waren zurückgeblieben.
«Ja, guck nur!»
Susi schreckte auf; die Hausmeisterin stand mit Besen und Schaufel hinter ihr.
«Sie war deine Freundin, gell?» Und weil die Frau merkte, daß Susi nichts von diesem plötzlichen

Aufbruch gewußt hatte, sagte sie: «Pressiert hat's ihnen. Die ganze Nacht durch haben sie gepackt, und in aller Früh war schon der Möbelwagen da. Feine Leute waren das, immer großzügig und freundlich. Denen kann überhaupt niemand was Übles nachsagen. Eine Schand' ist es, eine Schand'! Aber da hält unsereins besser seinen Mund.»

Susi stieß die Tür zu Esthers Zimmer auf: die weißen Tüllvorhänge, die rosa Blümchentapete, sonst nichts mehr.

Da drehte sich Susi um und lief aus der Wohnung. Sie rannte an der Hausmeisterin vorbei und die Treppe hinunter auf die Straße. Rannte an Mauern und Zäunen entlang, rannte durch die Grünestraße zu ihrem Haus. Dort hockte sie sich auf die Steinstufen vor der Eingangstür, stützte die Ellenbogen auf die Knie und legte den Kopf in die Hände.

So fand sie Robert.

«Du weißt es also schon», sagte er.

Susi blickte auf und nickte.

Eine Weile stand Robert stumm vor ihr. Außer ihnen war niemand auf der Straße. Jetzt um die Mittagsstunde war es ganz still. Susi hörte Robert atmen. Er zog die Luft ein und atmete sie in zittrigen Stößen wieder aus.

Schließlich sagte er: «Komm mit!»

Susi hatte noch immer den Schulranzen auf dem Rücken. Sie streifte ihn ab und warf ihn ins Stiegenhaus.
Robert ging mit schnellen Schritten vor ihr her. Die Treppe zu seiner Wohnung sprang er hoch, immer zwei Stufen auf einmal. Er schloß die Tür auf und schob Susi hinein.
In der Diele war es dämmrig. Susi brauchte eine Weile, bis sie erkannte, was Robert ihr zeigen wollte:
Auf dem Kissen in einem Korbsessel lag ein weißes Kätzchen mit schwarzen Ohren und einer schwarzen Schwanzspitze.
«Amina!»

«Sie hat sie mir gegeben. Für dich», sagte Robert. Und er erzählte, daß der lange Otto gestern in der Pause eine Bemerkung gemacht hatte. Irgendwie, als wüßte er was. Robert war am Nachmittag zu Mendelsohns gelaufen. Da hatte er erfahren, was geschehen war.
«Herr Mendelsohn ist gewarnt worden», sagte er.
«Von wem?»
«Weiß ich nicht. Jedenfalls von jemand, der Bescheid wußte. Der hat ihm gesagt, daß die Nazis ihm seinen Paß abnehmen würden. Er sollte keine Reisen mehr ins Ausland machen. Zuerst wollte Herr Mendelsohn das nicht glauben. Aber gestern haben sie in seinem Geschäft die Scheiben eingeschlagen. Da war alles klar. Da haben sie gepackt.»
«Ja, aber ...» Susi begriff nicht, warum ihr niemand etwas gesagt hatte.
«Esther wollte zu dir. Aber ihre Eltern haben sie nicht mehr aus dem Haus gelassen.»
«Und du? Du hast es doch gewußt!»
Robert zuckte mit den Schultern. «Ich hab versprochen, keinem Menschen etwas zu verraten. Sie wollten erst weg sein von hier.»
Susi streichelte die kleine Katze, die ihr den Kopf entgegenstreckte und miaute.
«Warum haben sie Amina dagelassen?»
«Sie konnten sie nicht mitnehmen. Sie wollten so

schnell wie möglich über die Grenze. Und mit einem Tier – das wäre nicht gutgegangen.»
Robert nahm Amina auf den Arm und legte seine Wange auf ihr Fell. Dann reichte er sie Susi.
«Jetzt haben wir etwas von ihr, was Lebendiges.»
Er sagte das so leise, daß Susi es mehr erriet als verstand.
Und sie begriff mit einem Mal: Robert hat Esther liebgehabt, von Anfang an. Er hat es nur nie zeigen können.

Die Geschichte ist zu Ende. Aber es muß noch gesagt werden, daß Esther mit ihren Eltern gut über die Grenze in die Schweiz gelangt ist. Nur der Möbelwagen mit allem, was sie besaßen, kam nicht durch. Er wurde abgefangen, und der ganze Inhalt wurde beschlagnahmt. Mendelsohns mußten im Ausland wieder neu anfangen.

Viele Juden sind damals ins Ausland geflüchtet. Für diejenigen, die in Deutschland blieben, begann eine grausame Verfolgung und Vernichtung.
Bubi Schapiro war einer von denen, die zurückgeblieben sind. Er mußte mit seinen Eltern in einen anderen Stadtteil ziehen, weil ihnen die Wohnung fortgenommen wurde: «Zu groß und zu gut für Juden!»
Einmal hat Susi den Bubi zufällig getroffen. Sie hat sofort den gelben Stern auf seiner Jacke gesehen. ‹Jude› stand darauf. Den mußten alle tragen.
Bubi hat stumm vor ihr gestanden und zu Boden geschaut, und auch Susi wußte nicht, was sie sagen sollte.
Was aus Bubi geworden ist, hat sie nie erfahren.
Onkel Alfred wäre am liebsten freiwillig aus Deutschland fortgezogen. Aber er hing an Frankfurt und an seinen Freunden. Er begann heimlich zu helfen, wo Menschen verfolgt wurden. Dabei hatte er das Glück, nicht entdeckt zu werden.

Und die Grünestraße? Die wurde im Krieg, in den Hitler die Welt gestürzt hat, völlig zerstört. Es gibt keine Pferdehandlung und keinen langen Hof mehr. Und die Kinder, die jetzt in den neu gebauten Häusern wohnen, können nicht mehr auf der Straße spielen wie Esther, Susi, Robert, Heini, Erna, Lotte und Bubi.

Von Tilde Michels sind außerdem bei dtv junior lieferbar:
3 × Gustav Bär, Band 70125
Kleiner König Kalle Wirsch, Band 70134
Kalle Wirsch und die Wilden Utze, Band 70290
Kleine Hasen werden groß, Band 70157
Das alles ist Weihnachten, Band 7149
Frühlingszeit Osterzeit, Neue Erzählungen, Sachgeschichten von alten Bräuchen, Band 7493
Text zu ›Am Froschweiher‹ (Bilderbuch), gemalt von Reinhard Michl, Band 7983
Text zu ›Es klopft bei Wanja in der Nacht‹ (Bilderbuch), gemalt von Reinhard Michl, Band 7986
Igel, komm, ich nehm dich mit (dtv junior Lesebär – große Druckschrift), Band 75006
Der heimliche Hund (dtv junior Lesebär – große Druckschrift), Band 75031

Ungekürzte Ausgabe
Juni 1992
3. Auflage Februar 1994
Deutscher Taschenbuch Verlag GmbH & Co. KG, München

ISBN 3-312-00725-9
Umschlaggestaltung: Celestino Piatti
Umschlagbild: Bernhard Oberdieck
Gesamtherstellung: Kösel, Kempten
Printed in Germany · ISBN 3-423-70257-5

Verlag Nagel & Kimche

Tilde Michels
Lena vom Wolfsgraben
Zeichnungen von Reinhard Michl
Ab 11. 112 S., ill. ISBN 3-312-00746-1

1920: Karg ist das Leben auf den Einödhöfen. Doch Lena fühlt sich geborgen bei der alten Theres. Außerdem ist da noch Franz, der Freund. Er ist es, der Lena die kleinen Fischotter und die Fischotterfrau im Moorbach gezeigt hat. Aber dann kommt der Tag, an dem Lenas Welt aus den Fugen gerät: Theres stirbt, ein Verwandter erbt das kleine Haus; Lena kommt als Magd zu einem Bauern…

N&K

Kinderbuch-Klassiker bei dtv junior

dtv junior 70044 Ab 10

dtv junior 70078 Ab 10

dtv junior 70206 Ab 10

dtv junior 70185 Ab 10

dtv junior 70196 Ab 11

dtv junior 7317 Ab 11

Kinderbuch-Klassiker bei dtv junior

dtv junior 70044 Ab 10

dtv junior 70078 Ab 10

dtv junior 70206 Ab 10

dtv junior 70185 Ab 10

dtv junior 70196 Ab 11

dtv junior 7317 Ab 11